中國語言文字研究輯刊

十三編

許錟輝 主編

第 **8** 冊

裴韻音系比較研究（下）

歐陽榮苑 著

花木蘭文化事業有限公司

國家圖書館出版品預行編目資料

裴韻音系比較研究（下）／歐陽榮苑 著 -- 初版 -- 新北市：
花木蘭文化事業有限公司，2017〔民 106〕
目 4+204 面；21×29.7 公分
（中國語言文字研究輯刊 十三編；第 8 冊）
ISBN 978-986-485-233-8（精裝）
1. 聲韻學 2. 漢語
802.08   106014701

ISBN-978-986-485-233-8

9 789864 852338

中國語言文字研究輯刊
十三編　　第 八 冊　　　　　ISBN：978-986-485-233-8

裴韻音系比較研究（下）

作　　者　歐陽榮苑
主　　編　許錟輝
總 編 輯　杜潔祥
副總編輯　楊嘉樂
編　　輯　許郁翎、王　筑　美術編輯　陳逸婷
出　　版　花木蘭文化事業有限公司
社　　長　高小娟
聯絡地址　235 新北市中和區中安街七二號十三樓
　　　　　電話：02-2923-1455／傳真：02-2923-1452
網　　址　http://www.huamulan.tw 信箱 hml810518@gmail.com
印　　刷　普羅文化出版廣告事業
初　　版　2017 年 9 月
全書字數　180139 字
定　　價　十三編 11 冊（精裝）台幣 28,000 元　　版權所有‧請勿翻印

裴韻音系比較研究（下）

歐陽榮苑　著

目

次

第 4 章 《裴韻》的韻類和韻母

4.1 《裴韻》反切下字的分類

《裴韻》今傳本存 11681 個被釋字，2750 個反切，共有 873 個反切下字。有 195 韻，平聲 54 韻，上聲 52 韻，去聲 57 韻，入聲 32 韻。內容殘缺不全的韻主要在平聲和上聲部分，去聲、入聲完整。

4.1.1 《裴韻》的殘缺情況

（一）平聲韻的殘缺有三種情況：

1、原書僅在「切韻平聲一」韻目保存有韻目字及其反切，正文中被釋字及注釋全缺。此類韻有：微、魚、虞、模、齊、皆、灰、臺、眞、臻、文、斤、登、寒、魂、痕，共 16 個。

2、原書平聲卷二韻目不存，正文中內容全缺的，但我們可以依據上去二聲韻目次第推測、補錄出來，它們應該是先、仙、刪、山、元、蕭、霄，共 7 個韻。

3、正文中被釋字一部分殘缺，還保存有部分韻字及注釋。它們是：「之」存 9 個小韻；「肴」韻存 6 個小韻。

（二）上聲的殘缺有兩種情況：

1、正文不存，但原書「上聲卷第三」韻目中可見韻目字及其反切，這樣的韻有 23 個：謹、等、旱、混、佷、銑、獮、濟、產、阮、篠、小、絞、晧、梗、耿、請、茗、弩、解、馬、寢、拯。

2、正文保存部分韻字及注釋，這種情況只見於「有」韻，保存了 20 個小韻。

《裴韻》平聲部分缺 23 韻，2 個韻殘；上聲部分缺 23 韻，1 個韻殘。共缺 46 韻，3 個韻殘損，146 個韻內容完整。所有 873 個反切下字中，有 52 個反切下字因為原卷殘缺沒有切語，占《裴韻》反切下字總數的 6%；其餘 821 個反切下字的切語保存完整，占《裴韻》反切下字總數的 94%。

4.1.2 《裴韻》韻類的整理情形

我們採用反切系聯法等七種方法，整理《裴韻》的反切下字，得到韻類共 356 個。有關具體方法的論述，請參看第二章第一節。

下面逐攝依韻討論。韻目次序則依照《裴韻》排列次序，舉平聲以賅上、去、入，如下：

一、通攝：東、冬、鍾

二、江攝：江

三、宕攝：陽、唐

四、止攝：支、脂、之、微

五、遇攝：魚、虞、模

六、蟹攝：齊、皆、灰、臺

七、臻攝：眞、臻、文、斤、登、寒、魂、痕

八、山攝：先、仙、刪、山、元

九、效攝：蕭、霄、肴、豪

十、梗攝：庚、耕、清、冥

十一、果攝：歌

十二、假攝：佳、麻

十三、深攝：侵、

十四、曾攝：蒸

十五、流攝：尤、侯、幽

十六、咸攝：鹽、添、覃、談、咸、銜、嚴、凡

體例說明：每攝之下分韻描述，每韻依平、上、去、入四個聲調次序分別列出系聯整理反切下字的歸類情況。每個反切下字先列代表字，右邊數字表示這個字在《裴韻》小韻中被用作反切下字的次數，數字後兩個字是這個反切下字的反切，如「公 1 古紅」。文中反切下字分佈等位不同或開合口不同，用①②標識其類，出現在同一等位但系聯類別不同則用「／」符號分隔開。

一、通攝

1、東韻

東：① 公 1 古紅　功 1 古紅　紅 11 胡籠　籠 1 力鍾　同 1 徒紅

　　② 隆 16 力中　中 3 陟仲

東韻平聲共有 7 個反切下字，可以系聯爲兩類。第一類 5 個字在韻圖中出現在一等韻，第二類 2 個字出現在三等韻，它們呈互補分佈。

董：董 1 多動　動 3 徒孔　孔 9 康董　惣 1 作孔

上聲董韻共 6 個反切下字，可以系聯爲一類，在等韻圖中它們都出現在一等韻。

凍：① 凍 1 多貢　諷 3 方鳳　鳳 1 馮貢　貢 7 古送　弄 6 盧貢　送 1 蘇弄

　　② 仲 6 直眾　眾 1 之仲

去聲凍韻共 8 個反切下字，可以系聯爲兩類。第一類 6 個字出現在一等韻，第二類出現在三等韻。

屋：① 谷 7 古鹿　鹿 1 盧谷　木 8 莫卜　卜 1 博木

　　② 六 18 力竹　竹 3 陟六　逐 2 直六　伏 1 房六　育 2 与逐　目 1 莫六

入聲屋韻共 10 個反切下字，通過系聯，可以分成兩組字，第一組出現在一等韻，第二組出現在三等字。

東韻四聲共 7 個韻類。東、凍、屋出現在一、三等韻，董韻出現在一等韻。

2、冬韻

多：多 5 都宗　宗 3 作琮　琮 1 在宗

　　平聲多韻 3 個反切下字，系聯爲一類，韻圖中都在一等韻。

宋：統 1 他宋　宋 2 蘇統

　　去聲宋韻 2 個反切下字，系聯成一類，都出現在一等韻。

沃：酷 2 苦沃　沃 8 烏酷　毒 1 徒沃　薦1 篤1 多毒

入聲沃韻 5 個反切下字，可以系聯爲一類，都作一等字反切下字。

多韻平、去、入三聲共 3 個韻類，都出現在一等韻。

3、鍾韻

鍾：容 17 餘封　鍾 1 職容　封 1 府容　凶 1 許容 / 恭 3 駒夆 / 妛1 子紅

平聲鍾韻有 5 個反切下字，可以系聯爲兩類，「容」類，「恭」類。都出現在三等韻字。

比較特殊的反切下字：「妛，子紅反」，屬東韻字，作鍾韻字「銎」的反切下字，可見《裴韻》東鍾兩韻有混用的痕迹。

腫：① 奉 1 扶隴　恭 1 駒夆

② 隴 11 力奉　奉 2 扶隴　宂 1 而隴　勇 2 餘隴　冢 1 知隴 /

悚 1 息拱　拱 1 居悚

上聲腫韻的反切下字根據系聯和等韻圖的分佈分爲三類，如上，「奉」類、「隴」類、「悚」類，在等韻圖上 「奉」類在一等韻，「隴」類和「悚」類在三等字。所以腫韻共三個韻類。

種：用 13 余共　共 1 渠用　巷 1 胡降

去聲種韻有 3 個反切下字，「用」和「共」可系聯爲一類，「巷」，胡降反，是絳韻字。種韻存在與江韻去聲字混切的現象。它們都出現在三等韻。

爥：欲 2 余蜀　玉 13 語欲　蜀 3 市玉　囑 1 之欲　曲 1 起玉　録 2 力玉

入聲爥韻有 6 個反切下字，可以系聯爲一類。都是三等字。

通攝小結：東、多、鍾韻四聲反切下字共分 15 類。「鍾」、「腫」反切下字有 1 例混切，「種」和江攝「絳」韻有 1 例混切。

一、三等韻：東、凍、屋、腫

只有一等韻：董、多、宋、沃

只有三等韻：鍾、種、爥

二、江攝

江：江 14 古雙　雙 1 所江

講：講 1 古項　項 3 胡講　朗 1 盧黨

絳：巷 2 胡降　降 6 古巷

覺：角 18 古岳　岳 1 五角

江攝平、上、去、入四聲韻反切下字各自可系聯爲一類，共分 4 個韻類。反切下字都出現在二等。講韻的反切下字「朗」1 例，比較特殊，「朗，盧黨反」，是蕩韻字，「朗」的被切字「慃」屬講韻，此處可見講、蕩韻混用的痕迹。

三、宕攝

1、唐韻

唐：① 對 1 剠 1 古郎　當 1 都唐　光 1 古黃　郎 12 魯唐　唐 1 徒郎

　　② 光 4 古黃　黃 1 胡光

蕩：① 黨 1 德朗　郎 1 魯唐　朗 16 盧黨

　　② 廣 1 古晃　晃 2 胡廣

宕：① 宕 1 杜浪　浪 14 郎宕　棡 1 剛浪

　　② 謗 1 補浪　曠 1 苦謗　浪 1 郎宕

鐸：① 各 16 古洛　洛 1 盧各　落 1 盧各

　　② 博 1 補各　郭 4 古博

運用系聯法並參考韻圖，可將唐韻平、上、去、入四聲韻的反切下字各分爲兩類。每韻的第一類出現在開口韻，第二類出現在合口韻。宕韻共 19 個小韻，其中有三個合口字，曠，苦謗反；廣，姑曠反；潢，呼浪反。曠字的反切下字是脣音字，脣音字不分開合口，那麼可以把它與開口字系聯爲一類。

唐、蕩、宕、鐸四韻反切下字都出現在一等韻。

2、陽韻

陽：① 莊 1 側良　方 3 府良　良 19 呂張　羊 5 与章　張 1 陟良　章 1 諸良

　　② 方 1 府良　王 2 雨方

陽韻一共 32 個小韻，7 個反切下字，彼此可以系聯爲一類。陽韻開口字 29 個，合口字 3 個，合口字反切下字「方」、「王」，我們把它們另立一類。第一類是開口字的反切下字使用情況，第二類是合口字的反切下字。

《裴韻》第 543 頁唐韻小韻「倉」，七良反，清母開口一等字，它的反切下字「良」，是陽韻字，呂張反，是不同韻之間的混切，可以看到陽唐有相混的痕迹。《切三》、《王一》、《王三》和《廣韻》「倉」小韻反切都是「七崗」，崗是唐韻字，古郎反。只有《裴韻》不同，我們可以推測這大概與作者的方言有關。

養：① 奬1即兩　兩18良奬　上1時掌　掌1職兩　丈1直兩

　　② 昉1方兩　往1王兩　兩3良奬

養韻有27個小韻，5個合口字，22個開口字，合口字的反切下字是「昉」、「往」、「兩」，所有切下字可系聯爲一類，再根據開合口分爲兩類。

漾:① 亮18力讓　讓1如仗　放1府妄　妄1武放　向3許亮　仗1直亮

　　② 放1府妄　妄1武放

漾韻共27個小韻，2個合口，25個開口。6個反切下字，合口字的反切下字是「放」、「妄」，我們把它們另分一類。漾韻切下字開口爲一類，合口爲一類。

藥：① 灼7之略　略6離灼　約3扵略　若1而灼　雀2即略　虐1魚約

　　② 縛4符玃　籰1王縛　玃1居縛

藥韻有26個小韻，6個合口字，20個開口字，9個反切下字系聯爲兩類，並且第一類出現在開口韻，第二類是合口字的反切下字，有「縛」、「籰」、「玃」。

宕攝反切下字特點：唐韻和陽韻四聲都分開合口，唐韻分佈在一等，陽韻分佈在三等。陽唐有1例混切。

四、止攝

1、支韻

支：① A類：卑1必移　移11弋支　支5章移　爲1蘢支　知2陟移

　　　　　皮1符羈　宜2魚羈

　　B類：離1呂移／奇1渠羈　羈5居宜　宜1魚羈　爲2蘢支

　　② A類：規1居隨　隨3旬爲　垂6是爲　規2居隨　危1魚爲

　　　　　爲5蘢支

　　B類：爲4蘢支　萎1扵爲　支1章移

支韻是重紐韻，重紐韻的系聯和歸類情況本文將在下一節作詳細說明，爲便於描述，先將分類結果列於此。

支韻共56個小韻，32個開口韻，24個合口韻。通過系聯，反切下字分爲2大類，第①類都出現在開口韻，開口韻的反切下字又分爲兩類，一類出現在重紐A類小韻；一類出現在重紐B類小韻裏。重B類反切下字作重A類字的切下字有2例，「皮，符羈反」、「宜，魚羈反」。重A類字作重B類字的反切下字有1例，「離，呂移反」。合口字作反切下字有1例，「爲」。

第 ② 類切下字都出現在合口字。重 B 類反切下字作重 A 類字的切下字有
6 例；重 A 類開口反切下字作重 B 類合口韻的切下字有 1 例。

紙：① A 類：潁 9 丞紙　紙 2 諸氏　尔 3 兒氏　婢 3 避尔　綺 1 墟彼

　　　　　　委 1 扵詭　此 1 雌氏　豸 1 池尔　侈 1 尺氏

　　　B 類：彼 3 卑被　被 1 皮彼　委扵詭　掎 1 渠掎　綺 4 墟彼

　　　　　　靡 1 文彼

　　② A 類：髓 1 息委　捶 2 之累　委 3 扵詭　弭 1 民婢　累 1 力委

　　　B 類：委 3 扵詭　毀 1 許委　婢 1 避尔　累 1 力委　詭 1 居委

上聲紙韻的反切下字，經過系聯，分為開口 2 類，合口 2 類。

寘：① A 類：賜 2 斯義　寄 1 居義　義 8 宜寄　智 5 知義

　　　B 類：翅 2 是義　寄 2 居義　義 7 宜寄

　　② A 類：避 1 婢義　瑞 1 是偽　睡 3 是偽　偽 3 危賜

　　　B 類：賜 1 斯義　恚 1 扵避　偽 4 危賜

去聲寘韻的反切下字可以系聯為兩類，一類為開口，一類為合口，又各分
出重紐 A、B 兩類。

2、脂韻

脂：① A 類：葵 1 渠隹　尼 1 女脂　私 2 息脂　伊 1 扵脂　夷 2 以脂

　　　　　　脂 12 旨夷

　　　B 類：肥 1 居脂　悲 3 府眉　眉 1 武悲　脂 2 旨夷

　　② A 類：遺 1 以隹　綏 1 息遺　惟 1 以隹　維 1 以隹　隹 6 職追

　　　　　　追 4 陟隹

　　　B 類：悲 1 府眉　追 3 陟隹

平聲脂韻反切下字可系聯為開口和合口兩大類。兩類又分別有 A、B 兩類
重紐切下字。

旨：① A 類：几 3 居履　履 3 力己　視 1 承旨　旨 1 職雉　雉 1 直几

　　　　　　姊 2 將几

　　　B 類：鄙 3 八美　几 2 居履　履 2 力己　美 1 無鄙

　　② A 類：軌 2 居美　癸 1 居誄　誄 1 力軌　壘 1 力軌　水 2 式軌

　　　B 類：軌 1 居美　美 2 無鄙

上聲旨韻的反切下字經過系聯，分開口、合口，重紐 A、B 類。

至：① A 類：鼻 1 毗志　二 3 而至　利 8 力至　四 3 息利　至 4 旨利

　　　　　　　志 2 之吏

　　　B 類：冀 1 几利　利 2 力至　器 3 去冀 ／媚 1 美秘　秘 2 鄙媚

　　　　　　　俻 1 平秘

② A 類：類 3 力遂　鼻 1 毗志　穎 1 疾醉　季 1 癸悸　悸 1 其器

　　　　　　　淚 1 力遂　遂 3 徐醉　醉 4 將遂

　　　B 類：冀 1 几利　愧 1 軌位　位 3 洧冀

去聲至韻反切下字可系聯爲開口和合口兩大類。兩類又分別有 A、B 兩類重紐切下字。

至、志混切有 2 例，至韻鼻、肄二字的反切下字爲「志」，是志韻字。在《王三》中鼻、肄兩個小韻的反切下字和被切字都是至韻字。見下表。《裴韻》至、志韻有混的痕迹。

頁　碼	韻　字		裴韻反切		王三反切		廣韻音韻地位	
586	鼻	毗志 毗四	並母	至韻	重 A	開口	去聲	止攝
586	肄	羊志 羊至	以母	至韻	重 A	開口	去聲	止攝

3、之韻

之：而 1 如之　之 5 止而　基 1　茲 1　治 1 直吏

之韻僅存 9 個小韻，5 個反切下字，「而」和「之」可以系聯爲一類，「基」、「茲」、「治」的反切殘缺未見。

基：《王三》、《切二》、《切三》、《廣韻》皆作「居之反」，筆者暫且將它補於此處，基字則可與而、之系聯爲一類。

茲：《切二》、《切三》、《廣韻》皆作「子之反」，《王三》爲「子慈反」，「慈，疾之反」茲、慈、之可以系聯爲一類。比較這幾本韻書的反切，暫擬測「茲」與「之」類字系聯爲一類。

「治」作反切下字只有一個小韻，是去聲志韻字。在此可以看到平去聲相混的痕迹。

之韻反切下字系聯爲一類。

止：已 1 紀 3 居似　似 2 詳里　市 1 時止　止 4 諸市　里 12 良士

　　士 2 鋤里　擬 1 魚紀　豈 3 氣里

經過系聯，止韻 8 個反切下字可以系聯爲一類。

志：志 1 之吏　吏 17 力置　置 2 陟吏　記 2 居吏

志韻 4 個反切下字可以系聯爲一類。

之韻平、上、去三聲反切下字各系聯爲一類。

4、微韻

微：非 1

尾：① 狶 1 虛豈 /匪 1 非尾　尾 2 無匪

　　② 鬼 2 居葦　葦 2 韋鬼

未：① 既 6 居未　沸 2 符謂　未 1 無沸

　　② 貴 3 居謂　畏 1 於胃 胃 1 云貴　謂 2 云貴

微韻殘缺，只在卷一韻目中留下一個反切，反切下字「非」，未見切語。微類不能系聯。在《王三》、《切二》、《切三》、《王一》中，「非」的反切都是「匪肥反」，《廣韻》爲「甫微切」。

上聲尾韻切下字可系聯爲兩類，第一類是開口，第二類是合口。匪、尾是脣音字，脣音字不分開合，本文把脣音字併入開口韻。

去聲未韻切下字可以系聯爲兩類，第一類都出現在開口韻，第二類出現在合口韻。

五、遇攝

1、模韻

模：胡 1

姥：補 1 博戶　古 14 姑戶　戶 4 胡古

暮：故 16 古暮　慕 1 莫故

模韻殘缺，只可見一個反切下字「胡」，《王三》、《切三》、《王一》和《廣韻》「胡」字反切皆作「戶吳」反。

上聲姥韻 3 個反切下字，可以系聯爲一類。

去聲暮韻 2 個反切下字，可以系聯爲一類。

模韻平、上、去聲切下字都出現在一等。

2、虞韻

虞：俱1

麌：庾3以主　矩4俱羽　武2無主　宇1于矩　羽2于矩　雨1于矩
主10之庾

遇：孺1而遇　付1府遇　句7俱遇　具1其遇　戍1傷遇　樹1殊遇
遇14虞樹　注1陟句

虞韻殘缺，只保存一個反切，下字爲「俱」，不能系聯，牙音字見母，出現在合口三等韻。

上聲麌韻7個反切下字可以系聯爲一類。列在三等。

去聲遇韻8個反切下字，可以系聯爲一類。列在三等。

3、魚韻

魚：居1

語：筥1居許　舉7居許　呂9力舉　宁1除呂　許2虛舉　与7余舉

御：攄18居御　慮3力攄　呿1卻攄　御1於既

魚韻僅見1例反切，切下字「居」，無法系聯，按大韻暫歸納1類。

語韻6個反切下字，可以系聯爲一類。

去聲御韻4個反切下字，可以系聯爲一類。

魚韻平上去三聲反切下字分3類。

六、蟹攝

1、齊韻

齊：斳1

薺：弟1徒礼　礼13盧啓　米1莫礼　啓1康礼

霽：① 帝1都計　計13古詣　戾2魯帝　細1蘇計　詣2五計
② 桂1古惠　惠2胡桂

齊韻韻字殘缺，保存了1個反切，切下字「斳」，未見反切，本文按大韻將其看作一類。上聲薺共有4個反切下字，切語可以系聯爲一類，切下字都出現在四等開口韻；去聲霽韻反切下字分兩類，第一類5個反切下字可以系聯，都出現在開口韻，第二類2個反切下字彼此可以系聯起來，都是在合口韻。平、上、去三聲未見與其他韻混。

2、祭韻

祭:① 祭2 子例　弊1 毗祭　例5 力滯　袂1 弥弊　世1 舒制　制4 職例

　　　滯1 直例　劂1 居例　例3 力滯　憩1 去例

　　② 銳1 此芮　芮7 而銳　芮1 而銳　歲2 相芮　衛1 羽歲　歲1 相

　　　芮　衛1 羽歲

通過系聯，祭韻反切下字分出兩類，第一類都出現在開口韻，第二類都出現在合口韻。

3、泰：

　　① 大2 徒盖　帶1 都盖　盖10 古太　太1 他盖　外1 吾會

　　② 帶1 都盖　兌1 杜會　會4 黃帶　外5 吾會

泰韻反切下字可以系聯起來，依照開合口分爲兩類，第一類開口，第二類合口。都出現在一等。

4、皆韻

皆：諧1

駭：楷1 苦駭　駭4 乎楷

界：① 拜3 博恠　戒1 古拜　屆1 古拜　界12 古拜　恠1 古壞

　　② 拜2 博恠　壞1 胡恠　恠1 古壞

皆韻平聲缺，韻目中存一個反切，僅見1 個反切下字「諧」，本文按大韻將其看作一類。是開口韻。

上聲駭韻有2 個反切下字，可以系聯爲一類。都出現在二等韻開口。

去聲界韻的反切下字可以系聯，分爲開口和合口兩類。

5、夬韻：

　　① 邁2 苦話

　　② 夬4 古邁　話1 下快　快1 苦夬　邁1 苦話

夬韻的5 個反切下字可以系聯起來，都在二等。第一類是開口，第二類是合口。

6、廢韻：

　　① 肺1 芳廢　廢1 方肺

　　② 肺1 芳廢　廢1 方肺　癈1 方肺　穢2 扵肺

廢韻反切下字彼此可以系聯，分爲兩類。第一類開口，第二類合口。都出現在三等。

7、灰韻

灰：恢1

賄：賄2呼猥　猥5鳥賄　罪9徂賄

誨：背1補配　**對**8都佩　績1胡**對**　凷1苦**對**　內2奴**對**　佩4薄背

　　　配1普佩　碎1蘇**對**

灰韻平聲只見韻目下1個反切，反切下字恢缺切語。本文將其按韻目算作一類。

上聲賄韻3個切下字可系聯爲一類。去聲誨韻8個反切下字彼此可系聯。灰韻平、上、去三聲切下字都出現在合口韻，一等。

8、臺韻

臺一開：來1

待：① 改4古亥　亥5胡改　愷1　乃1奴亥　宰1

　　　② 待1徒亥

代：愛3鳥代　礙1五愛　代10徒戴　戴1都代

臺韻平聲僅見一個反切下字，本文按其所在大韻看作一類，出現在開口。

上聲待韻6個反切下字4個可以系聯，2個切語殘缺。「愷」，存有此字的《切一》、《王三》和《廣韻》中都是「苦亥反」。「宰」，《切三》、《王一》、《王三》和《廣韻》存此字反切爲「作亥反」。本文比較這幾本韻書，暫將「愷」和「宰」歸入待韻切下字的第一類。它們都出現在一等開口韻。反切下字「待，徒亥反」出現在三等開口韻，本文將它另分一類。

去聲代韻4個反切下字可以系聯爲一類。都出現在一等開口韻。

蟹攝一共有8個韻系，佳韻系與麻韻並列，未在此攝。未見跨韻混用。祭韻分開合口，開口、合口都有重紐三四等的區別。

等	開　口	合　口
一等	泰	泰
	臺待代	灰賄誨

二等	皆駭界	界
	夬	夬
三等	祭	祭
		廢
	待	
四等	齊薺霽	霽

七、臻攝

1、眞韻

真 A 開：隣 1

真韻僅存一個反切，本文將其反切下字按大韻歸爲一類。

軫：① 盡 1 慈忍　忍 10 而引　腎 1 時忍　引 1 餘軫　軫 2 之忍 /
　　尹 1 余准　殞 1 于閔　忍 2 而引

② 忍 1 而引 / 尹 5 余准　准 1 之尹　殞 3 于閔　閔 1 眉殞

上聲軫韻的反切下字可以系聯爲開口和合口兩大類，第一類爲開口，第二類爲合口。第一類切下字盡、忍、腎、引、軫、尹出現在重紐 A 類韻，根據其下字系聯爲兩類，尹自爲一類；殞、忍出現在重紐 B 類韻。第二類反切下字，忍、尹、准出現在重紐 A 類韻，尹、准系聯爲一類，忍爲一類；殞、閔出現在重紐 B 類，彼此互用可以系聯爲一類。

震：① 晉 2 即刃　進 2 即刃　覲 1 渠遴　刃 13 而進　覲 1 渠遴　遴 1 力進

② 峻 1 私閏　閏 5 如舜　舜 1 舒閏　燼 1 疾刃

去聲震韻的切下字可分爲兩類，第一類爲開口，第二類爲合口。開口韻的切下字可以系聯起來，其中晉、進、覲、刃出現在重紐 A 類韻，覲、遴出現在重紐 B 類韻。

合口韻的反切下字峻、閏、舜出現在重紐開口韻類，燼出現在重紐 B 類韻。

質：① 1 吉居質　必 2 卑吉　吉 3 居質　栗 3 力質　七 1 親悉　日 2 人質　悉 3 息七 / 乙 1 扵筆　質 9 之日　筆 3 鄙密　密 1 美筆　乙 2 扵筆

② 郇 2 辛律　律 7 呂郇　恤 1 辛律　聿 5 餘律 / 蜜 1 民必

入聲質韻切下字可以歸爲兩類，一類出現在開口韻，一類出現在合口韻。開口韻的切下字可以系聯，分爲兩類，一類出現在重紐 A 類韻，另一類筆、密、乙出現在重紐 B 類韻。

合口韻的反切下字系聯爲兩類，都出現在重紐 A 類韻。

2、臻韻

臻：詵1

櫛：瑟1所櫛　櫛1阻瑟

平聲韻只保存了一個小韻，下字詵按照大韻看作一類。入聲櫛韻2個切下字可系聯爲一類。臻韻切下字都在開口韻重紐 A 類韻。

3、文韻

文：分1

吻：粉3方吻　吻3武粉

問：問5無運　運4云問

物：弗2分物　屈1區勿　勿7無弗　物2無弗

平聲文韻只保存了一個反切，切下字分暫看作一類。上聲吻韻2個切下字可系聯爲一類。去聲問韻切下字可以系聯爲一類。入聲物韻4個切下字可以系聯爲一類。四聲的切下字都出現在子類韻合口字。

4、斤韻

斤：圻1

謹：隱1

靳：靳4居嫩　嫩1許靳

訖：乞1去訖　氣2去訖　訖2居乞　轙1許訖

平聲斤韻和上聲謹韻各僅存一個反切，切下字各作一類。去聲靳韻2個切下字可以系聯爲一類。入聲訖韻4個切下字可以系聯爲一類。平、上、去、入四聲的反切下字都出現在開口子類韻。

5、登韻

登：滕1

等：肯1

嶝：鄧 5 徒亙　磴 1 都鄧　亙 2 古鄧　贈 1 昨磴

德：則 4 子得　得 1 多則　德 4 多則　黑 1 呼德 / 墨 1 莫北　北 3 博墨

德：國 1 古或　或 1 胡國

登韻平聲和上聲各僅存 1 個反切，本文將其切下字都暫且各列爲一類。

去聲嶝韻 4 個反切下字可以系聯爲一類。

入聲德韻切下字分開合兩類，開口切下字可系聯爲兩類，則類 4 個切下字，墨類 2 個切下字。合口反切下字 2 個可以系聯爲一類。

登韻四聲切下字都出現在一等韻。平、上、去聲現存的切下字都出現在開口韻，入聲韻切下字分開口和合口。

6、寒韻

寒：安 1

旱：滿 1

翰：① 按 1 烏旦　粲 1 七旦　旦 12 丹按

　　② 段 7 徒玩　亂 3 洛段　玩 1 五段　筭 1 蘇段

褐：① 達 4 陁割　割 5 古達　葛 6 古達 / 末 2 莫曷　撥 1 博末

　　② 活 6 戶括　括 7 古活

平聲寒韻和上聲旱韻各僅存 1 個反切，本文將其切下字安、滿各歸爲一類。它們都出現在開口韻。

去聲翰韻分開口和合口兩類，出現在開口韻的切下字有 3 個，可以系聯爲一類。出現在合口的反切下字有 4 個，通過系聯可以歸爲一類。

入聲褐韻分開合口兩類，出現在開口的 5 個反切下字通過系聯分爲兩類。出現在合口的 2 個切下字可以系聯爲一類。

寒韻平上去入四聲切下字都出現在一等韻。入聲褐韻和末韻混並爲一類。

7、魂韻

魂：昆 1

混：本 1

慁：寸 1 七困　鈍 1 徒困　困 10 苦悶　悶 3 莫困

紇：① 沒 1 莫勃

　　② 骨 6 古忽　忽 2 呼骨 / 沒 10 莫勃　勃 1 蒲沒

魂韻平聲上聲都僅存一個反切，切下字昆、本，都出現在一等合口韻，本文暫各歸一類。

去聲慁韻4個切下字可以系聯爲一類。出現在一等合口。

入聲紇韻5個反切下字分開合口兩類，開口韻只有一個反切下字，合口韻4個切下字，系聯成兩類，「骨」類和「沒」類。《裴韻》入聲紇韻和沒韻混並爲一類。

痕：恩1

很：墾1

恨：艮1古恨　恨3戶艮

痕韻平聲上聲都僅保存一個反切，本文將它們的反切下字暫各歸爲一類。去聲恨韻兩個反切下字可以系聯爲一類。

痕韻平、上、去聲的反切下字都出現在一等開口韻。

八、山攝

1、先韻

銑：典1

霰：① 電1堂見　見15堅電

　　② 縣3玄絢　絢1許縣

屑：① 結18古屑　篾1莫結　屑1先結

　　② 決1古穴　玦1古穴　穴3胡玦

先韻平聲不存。

上聲僅存1個反切，切下字「典」，出現在開口四等韻。本文暫歸一類。

去聲霰韻切下字分兩類，一類在開口韻，一類在合口韻。開口韻的反切下字電、見可以系聯爲一類。合口韻的反切下字縣、絢可以系聯爲一類。它們都出現在四等韻。

入聲韻的反切下字分開口合口兩類。開口韻3個反切下字可以系聯爲一類，合口韻3個反切下字可系聯爲一類。都出現在四等韻。

2、仙韻

獮A開：淺1

平聲仙韻不存。上聲獮韻僅存1個反切，1個切下字淺，出現於重紐開口

A 類韻。本文暫將它歸爲一類。

線：① 便1 箭2子賤 線1私箭 賤1在線 扇1式戰 膳1市戰

戰4之膳 彥1魚變 變2彼眷 眷1居倦 扇1式戰

② 便1 釧1尺絹 掾1以絹 卷1眷1居倦 絹3古掾 戀4力卷

選2息便 卷1眷1居倦 倦1渠卷

去聲線韻分開口合口兩大類，第一類開口韻，可以系聯爲一類，反切下字有重紐 A、B 兩類之別。便、箭、扇、線、膳、彥、戰是重 A 類切下字，變、眷、扇是重 B 類切下字。

第二類合口韻，切下字可系聯。便、釧、掾、卷、眷、絹、戀、選是重 A 類切下字，卷、眷、倦又作重 B 類切下字。

便，《廣韻》婢面切。

薛：① 別1憑列 列15呂薛 滅1亡列 熱1如列 薛1私列 別1憑

列 竭1渠列 列5呂薛

② 惙1陟劣 絕3情雪 劣6力惙 熱1如列 雪7相絕 悅2翼雪

列1呂薛 劣2力惙

入聲薛韻的反切下字分兩類，第一類開口韻，第二類合口韻。開口韻的切下字可以系聯，又有重紐 A、B 類之別，一組別、列、滅、熱、薛爲重紐 A 類，另一組別、竭、列爲重紐 B 類。

第二類合口韻的切下字亦分兩組，惙、絕、劣、熱、雪、悅、列、劣爲重紐 A 類韻，劣爲重紐 B 類韻。

3、刪韻：

潸：板1

訕：① 患2胡慣 澗1古晏 諫1古晏 晏6烏澗 鴈1五晏

② 慣1古患 患3胡慣

鎋：① 領1丑刮 刮2古領 瞎1許鎋 鎋11胡瞎

② 刮4古領

刪韻平聲缺，上聲僅存 1 個反切，暫將切下字「板」歸爲一類。去聲訕韻可以分爲兩類，一爲開口，一爲合口。開口韻 5 個切下字可以系聯爲一類。合口韻 2 個切下字可以系聯爲一類。入聲鎋韻也分開口合口兩類，開口韻切下字

可系聯為兩類，合口韻切下字一類。

上、去、入三聲韻反切下字都出現在二等韻。

4、山韻

產：簡1

襇：① 辦1薄莧　莧6侯辦

　　② 辦1薄莧

黠：① 八10博拔　拔1蒱撥　滑1戶八　黠2胡八

　　② 八3博拔　滑4戶八

山韻平聲缺，上聲產韻僅見一例，出現在開口韻，本文暫將其切下字簡歸為一類。去聲襇韻分開合兩類切下字，

上、去、入三聲韻反切下字都出現在二等韻。

5、元韻

阮子合：遠1

願子開：① 販1方願　建3居万　万3無販　願1魚怨

願子合：怨1扵願　勸1去願　願4魚怨／万1無販

月子開：歇1許謁　謁3扵歇／伐1房越

月子合：發1方月　厥1居月　月6魚厥／越1王伐　伐1房越

元韻平聲缺，上聲合口有1例反切，出現在子類韻。本文暫將其列為一類。去聲願韻分開合兩類，開口韻4個反切下字可以系聯為一類，合口4個反切下字系聯為兩類。

入聲月韻分開合兩類，開口3個切下字系聯為兩類。合口韻可以系聯為兩類。

元韻上、去、入三聲的反切下字都出現在子類韻。

九、效攝

1、蕭韻

篠：鳥1

嘯：弔10多嘯　嘯1蘇弔

平聲蕭韻缺，上聲篠韻僅存韻目字1個反切，本文暫將其反切下字「鳥」

依韻目列爲一類。

去聲嘯韻 2 個反切下字可以系聯爲一類。

蕭韻上聲、去聲切下字都出現在四等。

2、霄韻

小：兆 1

笑：笑 6 私妙　妙 1 弥召　照 1 之笑　召 7 持笑　肖 1 私妙　誚 1 才笑
　　庿 2 眉召　召 1 持笑

霄韻平聲缺，上聲小韻僅保留韻目字，切下字出現在重紐 A 類韻，本文暫將其反切下字「兆」依韻目列爲一類。

去聲笑韻 7 個反切下字可以系聯爲一類，但分佈情況不同，切下字笑、妙、、照、召、肖、誚出現在重紐 A 類韻；切下字庿、召出現在重紐 B 類韻。

3、肴韻

肴：交 5 爻 1

絞：巧 1

教：教 12 校 1 古校　豹 2 博教　孝 1 呼教　効 1 胡教

平聲肴韻僅存 6 個小韻，2 個反切下字爲異體字，本文暫按韻目將其歸爲一類。

上聲絞韻僅存 1 個反切，本文將其反切下字「巧」暫作一類。

去聲教韻可以系聯爲一類切下字。

肴韻平、上、去三聲切下字都出現在二等。

4、豪韻

豪：曹 1 昨勞　遭 1 作曹刀　6 都勞　高 2 古勞　勞 6 盧刀／褒 1 博毛
　　毛 1 莫枹　袍 1 薄褒

平聲豪 8 個反切下字通過系聯可以分 2 類，並且都出現在一等韻。

晧：老 1

上聲晧韻僅存韻目一個字的反切，本文將其反切下字暫分 1 類。

號：導 1 徒到　到 11 都導／耗 1 呼報　報 3 博耗

去聲號 4 個反切下字，通過系聯可以分爲 2 類。

豪韻平上去三聲韻反切下字都出現在一等韻。

十、梗攝：

1、庚韻

庚：① 兵 2 補榮　京 3 舉卿　驚 1 舉卿　卿 1 去京　榮 1 永兵　兵 1 補榮

　　　　榮 1 永兵

　　② 庚 10 更 1 古行　京 1 舉卿　盲 2 武更　行 1 戶庚　橫 2 胡盲

　　　　盲 1 武更

通過系聯，庚韻平聲可分為 2 類，兵類和庚類。兵類都出現在子類韻，庚類都出現在二等韻。兵類又分開口和合口兩類，開口有兵、京、驚、卿、榮，5 個切下字，合口有兵、榮 2 個切下字，各出現 1 次。庚類也分開口和合口兩類，開口有庚、更、京、盲、行 5 個切下字，合口有橫、盲 2 個切下字。

梗：杏 1

上聲梗韻僅存韻目字的反切，本文暫把它的切下字「杏」看作一類，出現在開口二等韻。

更：① 病 1 被敬　敬 3 居命　命 1 眉映　映 1 拎敬　映 1 鳥朗（蕩韻）

　　　柄 1 鄙病

以上反切下字都出現在子類韻，反切下字「病、敬、命、映」出現在開口，「柄」出現在合口。「映」作反切下字 1 次，是蕩韻字，這裡是更、蕩二韻混用的痕迹。

　　② 敬 1 居命　孟 5 莫鞭　鞭 1 五孟　硬 1 五孟　孟 1 莫鞭

以上反切下字都出現在二等韻，反切下字「敬、孟、鞭、硬」出現在開口，「孟」出現在合口。

去聲更韻的反切上字分兩類，第一類都出現在子類韻，第二類都出現在二等韻，每一類各分開合口。

格：① 㦸 2 几劇　迸 2 亘㦸　陌 1 莫百　劇 1 奇迸　白 1 傍陌

以上反切下字都出現在子類韻，彼此可以系聯起來。「㦸、迸、陌、劇」出現在開口韻，「白」出現在合口韻。

　　② 㦸 2 几劇　白 2 傍陌　百 3 博白　伯 4 博白　格 4 古陌　陌 7 莫百

　　　號 1 古伯

以上反切下字都出現在二等韻，可以系聯為一類，切下字「㦸、白、百、

伯、格、陌」用在開口韻，「虢」用在合口韻。

入聲格韻的反切下字分兩大類，第一類都出現在子類韻，第二類都出現在二等韻，每一類各分開合口。

2、耕韻

耕：① 耕 6 古莖　莖 7 戶耕　萌 2 莫耕

　　② 宏 2 戶呡　呡 1 莫耕

平聲耕韻的反切上字可以系聯爲兩類。第一類都出現在開口韻，第二類都出現在合口韻。

耿：幸 1

上聲耿韻僅存一個反切，切下字暫依韻目看作一類。出現在二等開口韻。

諍：迸 1 北諍　諍 2 側迸

去聲諍韻有兩個反切下字，「迸」和「諍」，可以系聯爲一類。它們都出現在二等開口韻。

隔：① 厄 1 烏革　革 10 古核　核 1 下革　獲 1 胡麥　麥 1 莫獲　責 1 側革

　　② 獲 1 胡麥　麥 2 莫獲

入聲隔韻通過系聯可以分爲兩類，第一類反切下字都出現在開口韻，第二類反切下字都出現在合口韻。隔韻的反切下字都作二等韻的切下字。

3、清韻

清：① 並 1 府盈　成 2 市征　精 1 子情　情 1 疾盈　盈 8 以成　營 1 余傾
　　貞 3 陟盈　征 1 諸盈

　　② 傾 1 去盈　盈 1 以成　營 2 余傾

平聲清韻反切下字可以系聯，又分爲開合口兩類。第一類出現在開口，第二類出現在合口。它們都作丑類韻反切下字。

請：靖 1

上聲請韻僅存 1 個反切，本文暫將其反切下字「靖」依韻目看作一類。它出現在丑類開口字。

清：① 令 1 力政　盛 2 承政　正 4 之盛　政 7 之盛　鄭 1 直正　響 1 匹正
　　② 政 1 之盛

去聲清韻的反切下字彼此可以系聯，都出現在丑類韻，分爲兩類，第一類爲開口，第二類爲合口。

昔：① 辟1必益　尺2昌石　迹1積1咨昔　石2常尺　昔3私積

　　　　亦3羊益　益3伊昔　隻1炙1之石

　　② 役1營隻　隻1之石

入聲昔韻的所有反切下字可以系聯，都出現在丑類韻，分開口和合口兩類。

4、冥韻

冥：① 經6古靈　丁5當經　刑1戶經　形1戶經　靈1郎丁

　　② 丁1當經　螢1乎丁

平聲冥韻的反切下字可以系聯起來，都出現在四等韻，分爲開口和合口兩類，第一類開口，第二類合口。

茗：迥1

上聲茗韻僅存韻目字1個反切，在韻圖上是四等開口韻，本文暫將其切下字「迥」看作一類。

暝：① 定9特俓　俓1古定

　　② 定1特俓

去聲暝韻的反切下字可系聯，又可分爲開口和合口兩類。它們都出現在四等韻。

覓：① 狄2徒歷　擊1古歷　激4古歷　歷12閭激

　　② 鶪1古閴　閴1苦鶪

通過系聯，入聲覓韻的反切下字分爲兩類。它們都出現在四等字。第一類是開口韻，第二類是合口韻。

十一、果攝

1、歌韻

歌：① 波1博何　俄1五哥　哥2古俄　何14胡哥　羅1盧何　戈2過

　　　　2古禾　禾10胡戈

平聲歌韻的反切下字可分爲兩大類，第一類都在一等韻，第二類都在丑類韻。

以上8個切下字都出現在一等韻，依據開合口不同都分爲兩小類，「波、俄、哥、何、羅」爲開口，「戈、過、禾」爲合口。

②　伽 1 夷柯　柯 1 古俄　戈 1 古禾　波 1 博何

以上 4 個切下字都出現在丑類韻，「伽、柯」爲開口，「戈、波」爲合口。

哿：我 1

上聲哿韻僅存韻目字 1 個反切，出現在開口一等韻。本文暫將其反切下字「我」看作一類。

箇：①　箇 6 古賀　賀 1 何箇　佐 3 作箇 ／臥 1 五貨

②　貨 2 呼臥　臥 11 五貨

去聲箇韻反切下字可分爲開合口兩類，以上第一類爲開口，可系聯爲兩小類；第二類爲合口，可以系聯。所有切下字都出現在一等韻。

2、佳韻

佳：①　柴 1 士佳　佳 11 古膎　膎 1 戶佳

②　柴 1 士佳　蛙 1 烏媧　媧 1 姑柴

佳韻平聲的反切下字可以系聯，根據韻圖分爲開合口兩類，第一類出現在開口韻，第二類出現在合口韻。所有切下字都出現在二等韻。

解：買 1

上聲解韻僅見韻目字的 1 個反切，僅存 1 個反切下字，出現在開口二等韻。

懈：①　隘 1 烏懈　卦 3 古賣　賣 3 莫懈　懈 7 古隘

②　卦 1 古賣　賣 1 莫懈

去聲懈韻 4 個反切下字可以系聯，又分爲兩類，第一類切下字都出現在開口韻，第二類都出現在合口韻。所有切下字都出現在二等韻。

十二、假攝

麻韻

麻：①　巴 2 百加　加 12 古牙　霞 1 胡加　牙 1 五加　瓜 4 古華

花 1 呼瓜　華 2 戶花

②　車 1 昌遮　嗟 1 子邪　奢 2 式車　邪 2 以遮　遮 4 士奢

平聲麻韻依據韻圖分兩類，第一類反切下字都出現在二等韻，第二類都出現在丑類韻，二等韻的反切下字分開合兩個小類，「巴、加、霞、牙」可以系聯爲一類，爲開口韻，「瓜、花、華」可以系聯爲一類，爲合口韻。

馬：下 1

上聲馬韻僅見韻目字「馬」一個反切，本文將其反切下字「下」暫依韻目看作一類，在開口二等韻。

禡：① 霸1博駕　駕6古訝　亞2烏駕　訝6吾駕　霸1博駕　化3霍霸

　　　詐1側訝

　　② 射1以射　謝1似夜　夜8以射

去聲禡韻的反切下字可以系聯成兩類，第一類都出現在二等韻，一組切下字「霸、駕、亞、訝」為開口韻的切下字，另一組「霸、化、詐」為合口韻切下字。

第二類反切下字都出現在丑類韻開口字。

十三、深攝

侵：① 今3居音　林7力尋　深2式針　心2息林　尋1徐林　淫2余針

　　　簪1側今　針3職深

　　② 今4居音　音2挹今

平聲侵韻的反切下字分兩類，第一類為重紐A類韻的反切下字，第二類為重紐B類韻的切下字。

寢A：稔1

上聲寢韻僅存韻目字寢的反切，本文暫將其切下字稔看作一類。

沁：① 禁3居蔭 /任1女鴆　鴆6直任 /譖1側譖　譖1側譖

　　② 禁2居蔭　蔭1挹禁

去聲沁韻的反切下字通過系聯分為兩大類，第①類作重紐A類韻的反切下字，又系聯為3小類，第②類作重紐B類韻的反切下字，系聯為1類。

緝：① 緝1七入　入7尒執　十2是執　執3之十 /急1居立　立5力急

　　② 及3其立　急1居立　立3力急

入聲緝韻的反切下字通過系聯分為兩大類，第①類切下字作重紐A類韻的反切下字，又系聯為2小類，第②類作重紐B類韻的反切下字，系聯為1類。

十四、曾攝

1、蒸韻

蒸：冰1筆陵　承2署陵　陵13力膺　矜2居陵　升1識承　膺2挹陵

平聲蒸韻的切下字可以系聯為1類，並且都作丑類開口韻的反切下字。

上聲拯韻僅存韻目字，無反切。

證：應 1 拎證　孕 1 以證　譍 1 拎證　證 8 諸譍

去聲證韻的反切下字可以系聯為 1 類，並且都出現在丑類開口韻。

職：① 抑 1 拎棘　逼 2 彼力　即 1 子力　棘 1 紀力　力 16 良直　直 1 除力
　　　/ 翼 1 与職　職 3 之翼

　　② 逼 2 彼力

入聲職韻的反切下字經過系聯，分為兩大類。第 ① 類為開口韻，開口韻
的反切下字又可以系聯為 2 類，第②類是合口韻，只有 1 個切下字。職韻所有
切下字都出現在丑類韻。

十五、流攝

1、尤韻

尤：愁 1 士求　鳩 6 九求　流 1 力求　留 1 力求　求 8 巨鳩　尤 2 羽求 /
　　由 5 遊 1 以周　秋 1 七游　州 1 職鳩　周 3 職鳩 / 浮 1 父謀　謀 1 莫浮

平聲尤韻的反切下字可以系聯為 3 類。並且都出現在丑類韻。

有：九 1 舉有　久 11 舉有　酒 1 子酉　酉 2 与久　柳 1　有 3

上聲有韻殘缺，僅存 5 個反切下字，切下字「柳」、「有」的反切未見。

「柳」：《切三》、《王三》和《廣韻》中反切皆作力久反。

「有」：《切三》、《王三》和《廣韻》中反切皆作云久反。

運用反切比較法，可將切下字「柳」、「有」與有韻其他反切下字系聯為一
類。有韻的反切下字都出現在丑類韻。

宥：副 1 敷救　救 15 久祐　就 1 疾僦　僦 1 即就　秀 2 先救　又 2 尤救
　　祐 3 尤救 / 富 1 府副

去聲宥韻的反切下字可以系聯為 2 類，並且都出現在丑類韻。

2、侯韻

侯：溝 2 古侯　侯 11 胡溝　鉤 1 古侯

厚：茍 1 古厚　斗 1 當口　后 5 胡口　厚 5 胡口　後 1 胡口　口 5 苦厚 /
　　不 1 方負　負 1 防不

候：候 10 胡遘　遘 1 古**候**　豆 4 徒**候**

通過系聯，平聲侯韻的反切下字可以歸為 1 類，上聲厚韻的反切下字可系

聯爲 2 類，去聲**侯**韻的反切下字可以系聯爲 1 類。所有反切下字都出現在一等韻。

3、幽韻

幽：幽 5 拎虬　虬 3 渠幽 / 彪 3 補休　休 1 許彪 / 侯 1 胡溝

平聲幽韻反切下字可以系聯爲 3 類，都出現在丑類韻。與侯韻切下字混用 1 例。証明本書有幽侯混用的痕迹。

黝：紏 3 居黝　黝 1 拎紏

上聲黝韻 2 個反切字可以系聯爲 1 類。並且都出現在丑類韻。

幼：幼 2 伊謬

去聲幼韻 1 個反切下字，看作 1 類，出現在丑類韻。

十六、咸攝

1、鹽韻

鹽：① 尖 1 子廉　廉 10 力兼　簷 1 余廉　鹽 3 余廉　占 1 職廉　兼 1 古
　　　甜
　　② 廉 5 力兼　淹 1 英廉

平聲鹽韻的反切下字通過系聯可分爲兩類，第①類出現在重紐 A 類韻；有 1 例切下字「兼」是添韻字，可見《裴韻》有鹽、添兩韻切下字混用的痕迹。第②類切下字出現在重紐 B 類韻，可以系聯爲一類。

琰：斂 1 力冉　漸 1 自琰　冉 4 而琰　琰 4 以冉

上聲琰韻的反切下字可以通過系聯歸爲 1 類，並且都出現在重紐 A 類韻。

艷：① 贍 3 市艷　艷 5 以贍　驗 1 語韵
　　② 驗 2 語韵　韵 1 方驗

去聲艷韻的反切下字可以系聯並分爲 2 類，第①類出現在重紐 A 類韻，第②類出現在重紐 B 類韻。

葉：① 接 2 紫葉　涉 6 時攝　攝 1 書涉　葉 4 与涉　輒 4 陟葉
　　② 涉 2 時攝　輒 4 陟葉

入聲叶韻的反切下字可以系聯並分爲 2 類，第①類出現在重紐 A 類韻，第②類出現在重紐 B 類韻。

2、添韻

添：兼 8 古甜　甜 1 徒兼

忝：忝 3 他點　點 3 多忝　玷 1 多忝　簟 1 蕈 1 徒玷

㮇：店 1 都念　念 10 奴店

怗：㧻 1 徒協　頰 1 古協　協 12 胡頰

通過系聯的方法，添韻平、上、去、入四聲韻反切下字各自可系聯為 1 類，所有反切下字都出現在四等韻。

3、覃韻

覃：含 12 胡男　男 3 那含

禫：禫 1 徒感　感 15 古禫

醰：暗 1 烏紺　紺 11 古暗

沓：荅 7 都合　合 7 胡荅

覃韻平、上、去、入四聲韻的反切下字各可系聯為 1 類，共 4 類，所有切下字都出現在一等韻。

4、談韻

談：甘 8 古三　酣 2 胡甘　三 2 蘇甘　談 1 徒甘　㧻 1 徒協

淡：覽 3 盧敢　敢 7 古覽

闞：暫 1 慙濫　瞰 2 苦濫　濫 6 盧瞰

蹋：盍 11 胡臘　臘 1 盧盍

談韻平、上、去、入四聲韻的反切下字各可系聯為 1 類，共 4 類，所有切下字都出現在一等韻。「為」字是怗韻字，作談韻的反切下字 1 例，平入相混。

5、咸韻

咸：讒 1 士咸　咸 8 胡讒

減：減 9 古斬　斬 4 阻減

陷：陷 5 戶韽　韽 1 拎陷

洽：夾 1 古洽　洽 10 侯夾

咸韻平、上、去、入四聲韻的反切下字各可系聯為 1 類，共 4 類，所有切下字都出現在二等韻。

6、銜韻

銜：監 1 古銜　銜 7 戶監

攬：攬 6 胡黤　黤 1 於攬

覽：懴 3 楚鑑　鑑 7 格懴

狎：甲 6 古狎　狎 2 胡甲

銜韻平、上、去、入四聲韻的反切下字各可系聯爲 1 類，共 4 類，所有切下字都出現在二等韻。

7、嚴韻

嚴：轞 1 虗嚴　嚴 3 語轞

广：广 2 魚儉　儉 1 巨險　檢 2 居儼　險 2 虗广　儼 1 魚儉

嚴：欠 3 去劍　劍 1 覺欠

業：刼 2 居怯　怯 2 去刼　業 1 魚怯

嚴韻平、上、去、入四聲韻的反切下字各可系聯爲 1 類，共 4 類，所有切下字都出現在子類韻。

8、凡韻

凡：芝 1 匹凡　凡 1 符芝

范：范 2

梵：泛 1 敷梵　梵 1 扶泛

乏：法 2 方乏　乏 1 房法

凡韻平、上、去、入四聲韻的反切下字各可系聯爲 1 類，共 4 類，所有切下字都出現在子類韻。

4.2 《裴韻》韻類表

說明：反切下字後面注明該反切下字出現的次數，其後是該字的反切，省略「反」字。異體字之間用「／」隔開，如公古紅＝公，古紅反。

通　　攝	韻類數	下字數	《裴韻》
東一	1	6	㚇 1 子紅　公 1 古紅　功 1 古紅　紅 11 胡籠　籠 1 力鍾　同 1 徒紅
東丑	1	2	隆 16 力中　中 3 陟仲

董一	1	4	董 1 多動　動 3 徒孔　孔 9 康董　惣 1 作孔
凍一	1	6	凍 1 多貢　諷 3 方鳳　鳳 1 馮貢 貢 7 古送　弄 6 盧貢 送 1 蘔弄
凍丑	1	2	仲 6 直眾　眾 1 之仲
屋一	2	4	谷 7 古鹿　鹿 1 盧谷 / 木 8 莫卜　卜 1 博木
屋丑	1	6	六 18 力竹　竹 3 陟六　逐 2 直六　伏 1 房六　育 2 与逐 目 1 莫六
多一	1	3	多 5 都宗　宗 3 作琮　琮 1 在宗
鍾丑	2	5	容 17 餘封　鍾 1 職容　封 1 府容　凶 1 許容 / 恭 3 駒多
腫一	2	2	奉 1 扶隴　恭 1 駒多
腫丑	1	7	隴 11 力奉　奉 2 扶隴　宂 1 而隴　勇 2 餘隴　冢 1 知隴 / 悚 1 息拱　拱 1 居悚
宋一	1	2	統 1 他宋　宋 2 蘔統
種丑	2	3	用 13 余共　共 1 渠用 / 巷 1 胡降
燭丑	1	6	欲 2 余蜀　玉 13 語欲　蜀 3 市玉　囑 1 之欲　曲 1 起玉 録 2 力玉
沃一	2	5	酷 2 苦沃　沃 8 烏酷 / 毒 1 徒沃　蔦 1 篤 1 多毒

江　攝	韻類數	下字數	《裴韻》
江二	1	2	江 14 古雙　雙 1 所江
講二	1	2	講 1 古項　項 3 胡講
絳二	1	2	巷 2 胡降　降 6 古巷
覺二	1	2	角 18 古岳　岳 1 五角

宕　攝	韻類數	下字數	《裴韻》
唐一開	1	6	對 1 剄 1 古郎　當 1 都唐　光 1 古黃　郎 12 魯唐 唐 1 徒郎
唐一合	1	2	光 4 古黃　黃 1 胡光
蕩一開	1	3	黨 1 德朗　郎 1 魯唐　朗 16 盧黨
蕩一合	1	2	廣 1 古晃　晃 2 胡廣
宕一開	1	3	宕 1 杜浪　浪 14 郎宕　桹 1 剛浪
宕一合	1	3	謗 1 補浪　曠 1 苦謗　浪 1 郎宕
鐸一開	1	3	各 16 古洛　洛 1 盧各　落 1 盧各
鐸一合	1	2	博 1 補各　郭 4 古博
陽丑開	1	6	莊 1 側良　方 3 府良　良 19 呂張　羊 5 与章　張 1 陟良 章 1 諸良

陽丑合	1	2	方1府良　王2雨方
養丑開	1	5	獎1即兩　兩18良獎　上1時掌　掌1職兩　丈1直兩
養丑合	1	3	昉1方兩　往1王兩　兩3良獎
漾丑開	2	6	亮18力讓　讓1如仗　向3許亮　仗1直亮／放1府妄　妄1武放
漾丑合	1	2	放1府妄　妄1武放
藥丑開	1	6	灼7之略　略6離灼　約3扵略　若1而灼　雀2即略　虐1魚約
藥丑合	1	3	縛4符玃　籰1王縛　玃1居縛

止　攝	韻類數	下字數	《裴韻》
支A開	2	7	卑1必移　移11弋支　支5章移　為1薳支　知2陟移／皮1符羈　宜2魚羈
支B開	2	5	離1呂移／奇1渠羈　羈5居宜　宜1魚羈　為2薳支
支A合	1	6	規1居隨　隨3旬為　垂6是為　規2居隨　危1魚為　為5薳支
支B合	1	3	為4薳支　萎1扵為　支1章移
紙A開	2	9	潁9丞紙　紙2諸氏　爾3兒氏　婢3避爾　此1雌氏　豸1池爾　侈1尺氏／綺1墟彼　委1扵詭
紙B開	2	6	彼3卑被　被1皮彼　綺4墟彼　靡1文彼／委扵詭　倚1渠倚
紙A合	2	5	髓1息委　捶2之累　委3扵詭　累1力委／弭1民婢
紙B合	2	5	委3扵詭　毀1許委　累1力委　詭1居委／婢1避爾
寘A開	1	4	賜2斯義　寄1居義　義8宜寄　智5知義
寘B開	1	3	豉2是義　寄2居義　義7宜寄
寘A合	2	4	避1婢義／瑞1是偽　睡3是偽　偽3危賜
寘B合	2	3	賜1斯義　偽4危賜／恚1扵避
脂A開	2	6	葵1渠隹／尼1女脂　私2息脂　伊1扵脂　夷2以脂　脂12旨夷
脂B開	2	4	肥1居脂　脂2旨夷／悲3府眉　眉1武悲
脂A合	1	6	遺1以隹　綏1息遺　惟1以隹　維1以隹　隹6職追　追4陟隹
脂B合	1	2	悲1府眉　追3陟隹
旨A開	2	6	几3居履　履3力己　雉1直几　姉2將几／視1承旨　旨1職雉

旨 B 開	2	4	几 2 居履　履 2 力己 / 美 1 無鄙　鄙 3 八美
旨 A 合	1	5	軌 2 居美　癸 1 居誄　誄 1 力軌　壘 1 力軌　水 2 式軌
旨 B 合	1	2	軌 1 居美　美 2 無鄙
至 A 開	2	6	二 3 而至　利 8 力至　四 3 息利　至 4 旨利 / 鼻 1 毗志　志 2 之吏
至 B 開	2	6	冀 1 几利　利 2 力至　器 3 去冀 / 媚 1 美秘　秘 2 鄙媚　俻 1 平秘
至 A 合	3	8	類 3 力遂　領 1 疾醉　淚 1 力遂　遂 3 徐醉　醉 4 將遂 / 鼻 1 毗志 / 季 1 癸悸　悸 1 其器
至 B 合	2	3	冀 1 几利 / 愧 1 軌位　位 3 洧冀
之丑開	1	5	而 1 如之　之 5 止而　基 1　茲 1　治 1 直吏
止丑開	3	8	市 1 時止　止 4 諸市 / 里 12 良士　似 2 詳里　士 2 鋤里　豈 3 氣里 / 已 1 紀 3 居似　擬 1 魚紀
志丑開	1	4	志 1 之吏　吏 17 力置　置 2 陟吏　記 2 居吏
微子開			
微子合	1	1	非 1
尾子開	2	3	狶 1 虛豈 / 匪 1 非尾　尾 2 無匪
尾子合	1	2	鬼 2 居葦　葦 2 韋鬼
未子開	1	3	既 6 居未　沸 2 符謂　未 1 無沸
未子合	1	4	貴 3 居謂　謂 2 云貴　畏 1 於胃　胃 1 云貴

遇　攝	韻類數	下字數	《裴韻》
模一	1	1	胡 1
姥一	1	3	**補** 1 博戶　古 14 姑戶　戶 4 胡古
暮一	1	2	故 16 古慕　慕 1 莫故
虞丑	1	1	俱 1
麌丑	1	7	庾 3 以主　矩 4 俱羽　武 2 無主　宇 1 于矩　羽 2 于矩　雨 1 于矩　主 10 之庾
遇丑	1	8	孺 1 而遇　付 1 府遇　句 7 俱遇　具 1 其遇　戍 1 傷遇　樹 1 殊遇　遇 14 虞樹　注 1 陟句
魚丑	1	1	居 1
語丑	1	6	筥 1 居許　舉 7 居許　呂 9 力舉　宁 1 除呂　許 2 虛舉　与 7 余舉
御丑	1	4	**攄** 18 居御　慮 3 力攄　呿 1 卻**攄**　御 1 於既

蟹　攝	韻類數	下字數	《裴韻》
齊四開	1	1	靳 1
薺四開	1	4	弟 1 徒礼　礼 13 盧啟　米 1 莫礼　啟 1 康礼
霽四開	1	5	帝 1 都計　計 13 古詣　戾 2 魯帝　細 1 蘇計　詣 2 五計
霽四合	1	2	桂 1 古惠　惠 2 胡桂
祭 A 開	2	7	祭 2 子例　例 5 力滯　世 1 舒制　制 4 職例　滯 1 直例 ／弊 1 毗祭　袂 1 弥弊
祭 B 開	1	3	劂 1 居例　例 3 力滯　憩 1 去例
祭 A 合	1	5	銳 1 此芮　芮 7 而銳　芮 1 而銳　歲 2 相芮　衛 1 羽歲
祭 B 合	1	2	歲 1 相芮　衛 1 羽歲
泰一開	2	5	大 2 徒蓋　帶 1 都蓋　蓋 10 古太　太 1 他蓋 ／外 1 吾會
泰一合	1	4	帶 1 都蓋　兌 1 杜會　會 4 黃帶　外 5 吾會
皆二開	1	1	諧 1
駭二開	1	2	揩 1 苦駭　駭 4 乎揩
界二開	1	5	拜 3 博恠　戒 1 古拜　屆 1 古拜　界 12 古拜　佐 1 古壞
界二合	1	3	拜 2 博恠　壞 1 胡恠　佐 1 古壞
夬二開	1	1	邁 2 苦話
夬二合	1	4	夬 4 古邁　話 1 下快　快 1 苦夬　邁 1 苦話
廢子開	1	2	肺 1 芳廢　廢 1 方肺
廢子合	1	4	肺 1 芳廢　廢 1 方肺　癈 1 方肺　穢 2 扵肺
灰一合	1	1	恢 1
賄一合	1	3	賄 2 呼猥　猥 5 鳥賄　罪 9 徂賄
誨一合	1	8	背 1 補配　對 8 都佩　繢 1 胡對　由 1 苦對　內 2 奴對　佩 4 薄背　配 1 普佩　碎 1 蘇對
臺一開	1	1	來 1
待一開	1	6	改 4 古亥　亥 5 胡改　愷 1　乃 1 奴亥　宰 1 待 1 徒亥
代一開	1	4	愛 3 鳥代　礙 1 五愛　代 10 徒戴　戴 1 都代

臻　攝	韻類數	下字數	《裴韻》
真 A 開	1	1	隣 1
軫 A 開	2	6	盡 1 慈忍　忍 10 而引　腎 1 時忍　引 1 餘軫　軫 2 之忍 ／尹 1 余准
軫 B 開	2	2	殞 1 于閔 ／忍 2 而引
軫 A 合	2	3	忍 1 而引 ／尹 5 余准　准 1 之尹

軫 B 合	1	2	殞 3 于閔　閔 1 眉殞
震 A 開	2	4	晉 2 即刃　進 2 即刃　刃 13 而進 / 覲 1 渠遴
震 B 開	1	2	覲 1 渠遴　遴 1 力進
震 A 合	1	3	峻 1 私閏　閏 5 如舜　舜 1 舒閏
震 B 合	1	1	爐 1 疾刃
質 A 開	2	9	吉 1 居質　必 2 卑吉　吉 3 居質　栗 3 力質　七 1 親悉 日 2 人質　悉 3 息七　質 9 之日 / 乙 1 扐筆
質 B 開	1	3	筆 3 鄙密　密 1 美筆　乙 2 扐筆
質 A 合	1	5	郵 2 辛律　律 7 呂郵　蜜 1 民必　怵 1 辛律　聿 5 餘律
臻 A 開	1	1	詵 1
櫛 A 開	1	2	瑟 1 所櫛　櫛 1 阻瑟
文子合	1	1	分 1
吻子合	1	2	粉 3 方吻　吻 3 武粉
問子合	1	2	問 5 無運　運 4 云問
物子合	1	4	弗 2 分物　屈 1 區勿　勿 7 無弗　物 2 無弗
斤子開	1	1	圻 1
謹子開	1	1	隱 1
靳子開	1	2	靳 4 居焮　焮 1 許靳
訖子開	1	4	乞 1 去訖　氣 2 去訖　訖 2 居乞　欚 1 許訖
登一開	1	1	縢 1
登一合			
等一開	1	1	肯 1
嶝一開	1	4	鄧 5 徒互　磴 1 都鄧　互 2 古鄧　贈 1 昨磴
德一開	2	6	則 4 子得　得 1 多則　德 4 多則　黑 1 呼德 / 墨 1 莫北 北 3 博墨
德一合	1	2	國 1 古或　或 1 胡國
寒一開	1	1	安 1
旱一開	1	1	滿 1
翰一開	1	3	按 1 烏旦　粲 1 七旦　旦 12 丹按
翰一合	1	4	段 7 徒玩　亂 3 洛段　玩 1 五段　筭 1 蘇段
褐一開	2	6	撥 1 博末　達 4 陁割　割 5 古達　葛 6 古達 / 末 2 莫曷 撥 1 博末
褐一合	1	2	活 6 戶括　括 7 古活
魂一合	1	1	昆 1

混一合	1	1	本1
慁一合	1	4	寸1七困　鈍1徒困　困10苦悶　悶3莫困
紇一合	2	4	骨6古忽　忽2呼骨／沒11莫勃　勃1蒲沒
痕一開	1	1	恩1
佷一開	1	1	墾1
恨一開	1	2	艮1古恨　恨3戶艮
銑四開	1	1	典1
霰四開	1	2	電1堂見　見15堅電
霰四合	1	2	縣3玄絢　絢1許縣
屑四開	1	3	結18古屑　篾1莫結　屑1先結
屑四合	1	3	決1古穴　玦1古穴　穴3胡玦
仙A開			缺
仙B開			缺
仙A合			缺
仙B合			缺
獮A開			淺1
獮B開			缺
獮A合			缺
獮B合			缺
線A開	3	8	便1　箭2子賤　賤1在線　線1私箭／彥1魚變／戰4之膳　扇1式戰　膳1市戰
線B開	2	3	變2彼眷　眷1居倦／扇1式戰
線A合	3	8	便1　選2息便／釧1尺絹　掾1以絹　絹3古掾／戀4力卷　卷1眷1居倦
線B合	1	3	卷1眷1居倦　倦1渠卷
薛A開	1	5	別1憑列　列15呂薛　滅1亡列　熱1如列　薛1私列
薛B開	1	3	別1憑列　竭1渠列　列5呂薛
薛A合	2	7	惙1陟劣　絕3情雪　劣6力惙　雪7相絕　悅2翼雪／列1呂薛　熱1如列
薛B合	1	1	劣2力惙
刪二開			
刪二合			
潸二開	1	1	板1
潸二合			

訕二開	2	5	患 2 胡慣 / 澗 1 古晏　諫 1 古晏　晏 6 烏澗　鴈 1 五晏
訕二合	1	2	慣 1 古患　患 3 胡慣
鎋二開	2	4	頒 1 丑刮　刮 2 古頒 / 瞎 1 許鎋　鎋 11 胡瞎
鎋二合	1	1	刮 4 古頒
山二開			
山二合			
產二開	1	1	簡 1
襉二開	1	2	辦 1 薄莧　莧 6 侯辦
襉二合	1	1	辦 1 薄莧
黠二開	1	4	八 10 博拔　拔 1 蒲撥　滑 1 戶八　黠 2 胡八
黠二合	1	2	八 3 博拔　滑 4 戶八
元子開			
元子合			
阮子開			
阮子合	1	1	遠 1
願子開	1	4	販 1 方願　建 3 居万　願 1 魚惌　万 3 無販
願子合	2	4	惌 1 扵願　勸 1 去願　願 4 魚惌 / 万 1 無販
月子開	2	3	歇 1 許謁　謁 3 扵歇 / 伐 1 房越
月子合	2	5	發 1 方月　厥 1 居月　月 6 魚厥 / 越 1 王伐　伐 1 房越

效　攝	韻類數	下字數	《裴韻》
蕭四			
篠四	1	1	鳥 1
嘯四	1	2	弔 10 多嘯　嘯 1 蘇弔
小 A	1	1	兆 1
小 B			
笑 A	1	6	笑 6 私妙　妙 1 弥召　照 1 之笑　召 7 持笑　肖 1 私妙　誚 1 才笑
笑 B	1	2	庿 2 眉召　召 1 持笑
肴二	1	2	交 5 爻 1
絞二	1	1	巧 1
教二	1	5	校 1 古校　豹 2 博教　教 12 古校　孝 1 呼教　効 1 胡教
豪一	2	8	曹 1 昨勞　遭 1 作曹　刀 6 都勞　高 2 古勞　勞 6 盧刀 / 毛 1 莫袍　袍 1 薄褒　褒 1 博毛
晧一	1	1	老 1
號一	2	4	報 3 博秏　秏 1 呼報 / 導 1 徒到　到 11 都導

梗　攝	韻類數	下字數	《裴韻》
庚子開	1	5	兵2補榮　京3舉卿　驚1舉卿　卿1去京　榮1永兵
庚子合	1	2	兵1補榮　榮1永兵
庚二開	1	5	更1古行　庚10古行　京1舉卿　盲2武更　行1戶庚
庚二合	1	2	橫2胡盲　盲1武更
梗二開	1	1	杏1
梗二開			
梗子開			
梗子合			
更子開	2	5	病1被敬　敬3居命　命1眉映　映1扵敬／姎1鳥朗（蕩韻）
更子合	1	1	柄1鄙病
更二開	2	4	敬1居命／孟5莫鞭　鞭1五孟　硬1五孟
更二合	1	1	孟1莫鞭
格子開	2	4	戟2几劇　逆2宜戟　劇1奇逆／陌1莫百
格子合	1	1	白1傍陌
格二開	2	6	戟2几劇／白2傍陌　百3博白　伯4博白　格4古陌　陌7莫百
格二合	1	1	虢1古伯
耕二開	1	3	耕6古莖　莖7戶耕　萌2莫耕
耕二合	1	2	宏2戶氓　氓1莫耕
耿二開	1	1	幸1
諍二開	1	2	迸1北諍　諍2側迸
隔二開	2	6	厄1烏革　革10古核　核1下革　責1側革／獲1胡麥　麥1莫獲
隔二合	1	2	獲1胡麥　麥2莫獲
清丑開	1	8	並1府盈　成2市征　精1子情　情1疾盈　盈8以成　營1余傾　貞3陟盈　征1諸盈
清丑合	1	3	傾1去盈　盈1以成　營2余傾
請丑開	1	1	靖1
請丑合			
清丑開	1	6	令1力政　盛2承政　正4之盛　政7之盛　鄭1直正　響1匹正
清丑合	1	1	政1之盛
昔丑開	2	10	辟1必益　迹1積1咨昔　昔3私積　亦3羊益　益3伊昔／隻1炙1之石　尺2昌石　石2常尺

昔丑合	1	2	役 1 營隻　隻 1 之石
冥四開	1	5	**經**6 古靈　丁 5 當**經**　刑 1 戶**經**　形 1 戶**經**　靈 1 郎丁
冥四合	1	2	丁 1 當**經**　螢 1 乎丁
茗四開	1	1	迥 1
茗四合			
暝四開	1	2	定 9 特俓　俓 1 古定
暝四合	1	1	定 1 特俓
覓四開	1	4	狄 2 徒歷　擊 1 古歷　激 4 古歷　歷 12 閭激
覓四合	1	2	鵙 1 古闃　闃 1 苦鵙

果　攝	韻類數	下字數	《裴韻》
歌一開	1	5	波 1 博何　俄 1 五哥　哥 2 古俄　何 14 胡哥　羅 1 盧何
歌一合	1	3	戈 2 過 2 古禾　禾 10 胡戈
歌丑開	1	2	伽 1 夷柯　柯 1 古俄
歌丑合	2	2	戈 1 古禾 / 波 1 博何
哿一開	1	1	我 1
哿一合			
箇一開	1	4	箇 6 古賀　賀 1 何箇　臥 1 五貨　佐 3 作箇
箇一合	1	2	貨 2 呼臥　臥 11 五貨

假　攝	韻類數	下字數	《裴韻》
佳二開	1	3	柴 1 士佳　佳 11 古膎　膎 1 戶佳
佳二合	1	3	柴 1 士佳　蛙 1 烏蝸　蝸 1 姑柴
解二開	1	1	買 1
解二合			
懈二開	1	4	隘 1 烏懈　卦 3 古賣　賣 3 莫懈　懈 7 古隘
懈二合	1	2	卦 1 古賣　賣 1 莫懈
麻二開	1	4	巴 2 百加　加 12 古牙　霞 1 胡加　牙 1 五加
麻丑開	1	5	車 1 昌遮　嗟 1 子邪　奢 2 式車　邪 2 以遮　遮 4 士奢
麻二合	1	3	瓜 4 古華　花 1 呼瓜　華 2 戶花
馬二開	1	1	下 1
馬二合			
馬丑開			
禡二開	1	4	霸 1 博駕　駕 6 古訝　亞 2 烏駕　訝 6 吾駕
禡二合	2	3	霸 1 博駕　化 3 霍霸 / 詐 1 側訝
禡丑開	1	3	射 1 以射　謝 1 似夜　夜 8 以射

深 攝	韻類數	下字數	《裴韻》
侵A	2	8	今3居音　篸1側今 /林7力尋　深2式針　心2息林 尋1徐林　淫2余針　針3職深
侵B	1	2	今4居音　音2抾今
寑A	1	1	稔1
寑B			
沁A	3	5	鴆6直任　任1女鴆 /禁3居蔭 /譖1側讖　讖1側譖
沁B	1	2	禁2居蔭　蔭1抾禁
緝A	2	6	緝1七入　入7尔執　十2是執　執3之十 /急1居立 立5力急
緝B	1	3	及3其立　急1居立　立3力急

曾 攝	韻類數	下字數	《裴韻》
蒸丑開	1	6	氷1筆陵　承2署陵　陵13力膺　矜2居陵　升1識承 膺2抾陵
證丑開	1	4	應1抾證　孕1以證　膺1抾證　證8諸應
職丑開	2	8	抑1抾棘　逼2彼力　即1子力　棘1紀力　力16良直 直1除力 /翼1与職　職3之翼
職丑合	1	1	逼2彼力
尤丑	3	13	愁1士求　鳩6九求　流1力求　留1力求　求8巨鳩 尤2羽求 /由5遊1以周　秋1七游　州1職鳩 周3職鳩 /浮1父謀　謀1莫浮
有丑	1	6	九1舉有　久11舉有　酒1子酉　柳1　有3　酉2与久
宥丑	2	8	副1敷救　救15久祐　就1疾僦　僦1即就　秀2先救 又2尤救　祐3尤救 /富1府副
侯一	1	3	溝2古侯　侯11胡溝　鉤1古侯
厚一	2	8	豿1古厚　斗1當口　后5胡口　厚5胡口　後1胡口 口5苦厚 /不1方負　負1防不
候一	1	3	**候**10胡遘　遘1古**候**　豆4徒**候**
幽丑	2	5	虯3渠幽　彪3補休　休1許彪　幽5抾虯 /侯1胡溝
黝丑	1	2	糾3居黝　黝1抾糾
幼丑	1	1	幼2伊謬
鹽A	1	6	尖1子廉　廉10力兼　籤1余廉　鹽3余廉　占1職廉 兼1古甜
鹽B	1	2	廉5力兼　淹1英廉
琰A	1	4	斂1力冉　漸1自琰　冉4而琰　琰4以冉

琰 B			
艷 A	2	3	瞻 3 市艷　艷 5 以瞻 / 驗 1 語韵
艷 B	1	2	驗 2 語韵　韵 1 方驗
葉 A	1	5	接 2 紫葉　涉 6 時攝　攝 1 書涉　葉 4 与涉　輒 4 陟葉
葉 B	2	2	涉 2 時攝 / 輒 4 陟葉
添四	1	2	兼 8 古甜　甜 1 徒兼
忝四	1	5	點 3 多忝　玷 1 多忝　簟 1 徒玷　忝 3 他點　蕈 1 徒玷
㮇四	1	2	店 1 都念　念 10 奴店
怗四	1	3	㥦1 徒協　頰 1 古協　協 12 胡頰
覃一	1	2	含 12 胡男　男 3 那含
禫一	1	2	禫 1 徒感　感 15 古禫
醰一	1	2	暗 1 烏紺　紺 11 古暗
杳一	1	2	荅 7 都合　合 7 胡荅
談一	2	5	甘 8 古三　酣 2 胡甘　三 2 蘇甘　談 1 徒甘 / 㥦1 徒協
淡一	1	2	覽 3 盧敢　敢 7 古覽
闞一	1	3	暫 1 慙濫　瞰 2 苦濫　濫 6 盧瞰
蹋一	1	2	盍 11 胡臘　臘 1 盧盍
咸二	1	2	讒 1 士咸　咸 8 胡讒
減二	1	2	減 9 古斬　斬 4 阻減
陷二	1	2	陷 5 戶韽　韽 1 扲陷
洽二	1	2	夾 1 古洽　洽 10 侯夾
銜二	1	2	監 1 古銜　銜 7 戶監
檻二	1	2	檻 6 胡黤　黤 1 於檻
鑑二	1	2	懺 3 楚鑑　鑑 7 格懺
狎二	1	2	甲 6 古狎　狎 2 胡甲
嚴子	1	2	驗 1 虛嚴　嚴 3 語驗
广子	1	5	广 2 魚儉　儉 1 巨險　檢 2 居儼　險 2 虛广　儼 1 魚儉
釅子	1	2	欠 3 去劍　劍 1 覺欠
業子	1	3	刧 2 居怯　怯 2 去刧　業 1 魚怯
凡子	1	2	芝 1 匹凡　凡 1 符芝
范子	1	1	范 2
梵子	1	2	泛 1 敷梵　梵 1 扶泛
乏子	1	2	法 2 方乏　乏 1 房法

根據上表，《裴韻》共有 355 個韻類。

4.3 《裴韻》韻母音值表

《裴韻》有 355 個韻類，可以歸納爲 137 個韻母。韻類的劃分，我們大多從李榮先生《切韻音系》的意見。我們在爲這些韻母構擬音值時，採取李榮先生《切韻音系》的介音構擬方案，採取邵榮芬先生《切韻研究》的元音構擬方案，韻尾的構擬各傢具有一致性，我們沒有什麼不同意見。現將《裴韻》韻母構擬如下表：

陰聲韻／陽聲韻韻母	陰聲韻／陽聲韻韻母音值	入聲韻韻母	入聲韻韻母音值
東一	uŋ	屋一	uk
東丑	juŋ	屋丑	juk
冬一	oŋ	沃一	ok
鍾丑	joŋ	燭丑	jok
江二	ɔŋ	覺二	ɔk
唐一開	ɑŋ	鐸一開	ɑk
唐一合	uɑŋ	鐸一合	uɑk
陽丑開	jɑŋ	藥丑開	jɑk
陽丑合	juɑŋ	藥丑合	juɑk
支A開	iɛ		
支B開	jɛ		
支A合	iuɛ		
支B合	juɛ		
脂A開	iɪ		
脂B開	jɪ		
脂A合	iuɪ		
脂B合	juɪ		
之丑開	je		
微子開	jəi		
微子合	juəi		
魚丑	jɔ		
虞丑	jo		
模一	o		

齊四開	εi		
霽四合	uεi		
祭 A 開	iæi		
祭 B 開	jæi		
祭 A 合	iuæi		
祭 B 合	juæi		
泰一開	ɑi		
泰一合	uɑi		
皆二開	ɐi		
界二合	uɐi		
夬二開	ai		
夬二合	uai		
廢子開	jɐi		
廢子合	juɐi		
灰一合	uɒi		
臺一開	ɒi		
真 A 開	ien	質 A 開	iet
軫 B 開	jen	質 B 開	jet
軫 A 合	iuen	質 A 合	iuet
軫 B 合	juen		juet
臻 A 開	jen	櫛 A 開	jet
文子合	juən	物子合	juət
斤子開	jən	訖子開	jət
登一開	əŋ	德一開	te
登一合	uəŋ	德一合	uək
寒一開	ɑn	褐一開	ɑt
翰一合	uɑn	褐一合	uɑt
魂一合	uən	紇一合	uət
痕一開	ən		ət
霰四開	εn	屑四開	εt
霰四合	uεn	屑四合	uεt

仙 A 開	iæn	薛 A 開	iæt
仙 B 開	jæn	薛 B 開	jæt
仙 A 合	iuæn	薛 A 合	iuæt
仙 B 合	juæn	薛 B 合	juæt
刪二開	ɐn	鎋二開	ɐt
刪二合	uɐn	鎋二合	uɐt
山二開	æn	黠二開	æt
山二合	uæn	黠二合	uæt
元子開	jɐn	月子開	jɐt
元子合	juɐn	月子合	juɐt
蕭四	ɛu		
小 A	iæu		
小 B	jæu		
肴二	au		
豪一	ɑu		
庚子開	jaŋ	格子開	jak
庚子合	juaŋ	格子合	juak
庚二開	aŋ	格二開	ak
庚二合	uaŋ	格二合	uak
耕二開	ɐŋ	隔二開	ɐk
耕二合	uɐŋ	隔二合	uɐk
清丑開	jæŋ	昔丑開	jæk
清丑合	juæŋ	昔丑合	juæk
冥四開	ɛŋ	覓四開	ɛk
冥四合	uɛŋ	覓四合	uɛk
歌一開	ɑ		
歌一合	uɑ		
歌丑開	jɑ		
歌丑合	juɑ		
佳二開	æ		
佳二合	uæ		

麻二開	a		
麻丑開	ja		
麻二合	ua		
侵 A	iem	緝 A	iep
侵 B	jem	緝 B	jep
蒸丑開	jeŋ	職丑開	jek
		職丑合	juek
尤丑	jəu		
侯一	əu		
幽丑	jeu		
鹽 A	iæm	葉 A	iæp
鹽 B	jæm	葉 B	jæp
添四	ɛm	怗四	ɛp
覃一	ɒm	沓一	ɒp
談一	ɑm	蹋一	ɑp
咸二	ɐm	洽二	ɐp
銜二	am	狎二	ap
嚴子	jɐm	業子	jɐp
凡子	jɐm	乏子	jɐp

說明：

1.《裴韻》一二四等韻母無介音。三等介音有兩類，重紐 B 類、子類、丑類韻母的介音爲 j，重紐 A 類韻母的介音爲 i。合口介音爲 u。

2.《裴韻》有 12 個元音：一等元音有 ɑ、ɒ、ə、u、o 五個，二等元音有 ɐ、æ、a、ɔ 四個，出現在三等韻母的主元音有 a、æ、ɑ、ɐ、ɛ、ɪ、e 七個，四等韻母有一個元音 ɛ。

3.《裴韻》有 9 個韻尾：陰聲韻韻母有 0、u、i 三個，陽聲韻韻母有 m、n、ŋ三個，入聲韻韻尾有 p、t、k 三個。陽聲韻韻尾跟入聲韻韻尾形成整齊的配對格局，相配的陽聲韻韻尾跟入聲韻韻尾發音部位相同：m—p，n—t，ŋ—k。

第 5 章　《裴韻》的單字音表

表例

1. 本表以故宮內府藏唐寫本刊謬補缺切韻的反切爲主要內容，以周祖謨先生《唐五代韻書集存》所錄《裴務齊正字本刊謬補缺切韻》爲底本製作，本文簡稱《裴韻》。

2. 本表仿李榮先生《切韻音系》單字音標排列格式，表頭橫列第一行標明《裴韻》的韻目、等和開合。縱列第一列標明《裴韻》小韻的聲母。《裴韻》每個小韻韻字和它的反切依照聲母韻母地位列入表中相應的位置。

3. 表中列《裴韻》聲母三十六個，依次爲：

幫滂並明

端透定泥來

知徹澄娘

精清從心邪

莊初崇生

章昌船書常日

見溪群疑

曉匣影以

幫、滂、并、明包括輕脣音非、敷、奉、微，輕重脣音不分。泥、孃分立。無俟母。莊、初、崇、生相當於照、穿、牀、審出現在二等的聲母，章、昌、船、書、常相當於照、穿、牀、審、禪出現於三等的聲母。匣母包括喻三，以母即喻四。

4. 本表的韻目字依從裴韻。本表的「等」，一、二等即韻圖中的一、二等；依聲母，韻母所屬的字都排列在韻圖中三等的位置，本表中稱這類字爲「純三」；莊組字列在二等，幫組、知組、章組、見組包括曉、匣、影，來、日這些聲母的韻字列在三等，精組和以母字列在四等，這類字本表稱作「普三」；支、脂、祭、真、仙、宵、侵、鹽，重紐八韻字，所有的舌齒音和排在韻圖四等的脣、牙、喉音重紐三等字，本表記作「重 A」，脣、牙、喉音在韻圖上排在三等的，本表記爲「重 B」。

被切字的開合口，開口韻本表記作「開」，合口韻記作「合」。獨韻不作標記。脣音字不分開合口，當作開口。

5. 小韻關係位置未能確定的，在表中並列在一個聲韻組合位置。

通攝單字音表（一）

	東一	東丑	董一	凍一	凍丑	屋一	屋丑
幫		風方隆	琫方孔		諷方鳳	卜博木	福方六
滂		豐敷隆			賵撫鳳	扑普木	蝮芳伏
並	彭薄功	馮扶隆	菶蒲蠓		鳳馮貢	曝蒲木	伏房六
明	蒙莫紅	瞢莫中	蠓莫孔		夢莫諷	木莫卜	目莫六
端	東德紅		董多動	凍多貢		穀丁木	
透	通他紅		侗他孔	痛他弄		禿他谷	
定	同徒紅		動徒孔	洞徒弄		獨徒谷	
泥			繷奴動	齈奴凍			
來	籠盧紅	隆力中	朧力動	弄盧貢		祿盧谷	六力竹
知		中陟隆			中陟仲		竹陟六
徹		忡勅中					稸丑六
澄		蟲直隆			仲直眾		逐直六
娘							朒女六
精	葼子紅		惣作孔	糉作弄		鏃作木	蹙子六
清	怱倉紅			謥千弄	趙千仲	瘯千木	鼀取育
從	叢徂紅					族昨木	
心	楤蓯公	嵩息隆	敊先惣	送蘇弄		速送谷	肅息逐
邪							
莊							
初							珿初六
崇		崇鋤隆			剿仕仲		
生							縮所六
章		終職隆			眾之仲		粥之六
昌		充處隆			銃充仲		俶昌六
船							
書							叔式六
常							
日		戎如隆					肉如育
見	公古紅	弓居隆		貢古送		穀古鹿	菊舉六
溪	空苦紅	穹去隆	孔康董	控苦貢	焪去諷	哭空谷	麴丘竹
群		窮渠隆					驧渠竹
疑							
曉	烘呼同				趨香仲	縠呼木	蓄許六
匣	洪胡籠	雄羽隆	澒胡孔	哄胡貢		縠胡谷	圃于目
影	翁烏紅		蓊阿孔	甕烏貢		屋烏谷	郁於六
以		融餘隆					育与逐

通攝單字音表（二）

	冬一	鍾丑	腫一	腫丑	宋一	用丑	沃一	燭丑
幫		封府容		覂方奉		葑方用		鞳封曲
滂	豐敷隆	峯敷容		捧敷隴				
並		逢符容		奉扶隴		俸房用	僕蒲沃	幞房玉
明			鵭莫奉				瑁莫沃	
端	冬都宗		湩多恭				篤多毒	
透					統他宋			
定	彤徒冬						毒徒沃	
泥	農奴冬						褥內沃	
來	隆力宗	龍力鍾		隴力奉		朧良用		錄力玉
知				冢知隴		湩竹用		瘃陟玉
徹		鏦丑𢍉		寵丑隴		𧥻礴巷		楝丑錄
澄		重直容		重直隴		重治用		躅直錄
娘		醲女容						
精	宗作琮	蹤即容		縱子冢	綜子宋	縱子用	倁將篤	足即玉
清		樅七恭		𪉲且勇				促七玉
從	賨在宗	從疾容						
心		蜙先恭		悚息拱	宋蘇統		渢先篤	粟相玉
邪		松詳容				頌似用		續似玉
莊								
初								
崇								
生								
章		鍾職容		腫之隴		種之用		燭之欲
昌		衝尺容		雐充隴				
船								贖神囑
書		舂書容						束書蜀
常		鱅蜀容		歱時宂				蜀市玉
日		茸而容		宂而隴		𨋬而用		辱而蜀
見	攻古冬	恭駒冬		拱居悚		供居用	梏古沃	輂居玉
溪		銎曲恭		恐墟隴			酷苦沃	曲起玉
群		蛩渠容				共渠用		局渠玉
疑		顒魚容						玉語欲
曉		凶許容		洶許湧			熇火酷	旭許玉
匣	䃜戶冬						鵠胡沃	
影		邕於容		擁於隴		雍於用	沃烏酷	
以		容餘封		勇餘隴		用余共		欲余蜀

江攝單字音表

	江二	講二	絳二	覺二
幫	邦博江			剝北角
滂	胮匹江		肨匹降	璞匹角
並	龐薄江	样步項		雹蒲角
明	厖莫江	佬莫項		邈摸角
端	椿都江		戇丁降	斵丁角
透				
定				
泥				
來	瀧呂江			犖呂角
知				
徹	蠢丑江			逴勑角
澄	幢宅江		犝直降	濁直角
娘	膿女江			搦女角
精				
清				
從				
心				
邪				
莊				捉側角
初	窗楚江			娖測角
崇			漴士降	浞士角
生	雙所江			朔所角
章				
昌				
船				
書				
常				
日				
見	江古雙	講古項	絳古巷	覺古岳
溪	腔苦江			設苦角
群				
疑				嶽五角
曉	肛許江			吒許角
匣	栙下江	項胡講	巷胡降	學戶角
影		慃烏朗		握於角
以				

宕攝單字音表（一）

	陽丑開	陽丑合	養丑開	養丑合	漾丑開	漾丑合	藥丑開	藥丑合
幫	方府良		昉方兩		放府妄			
滂	芳敷方		髣芳兩		訪芳向			
並	房符方						縛符玃	
明	亡武方		罔文兩		妄武放			
端								
透								
定								
泥								
來	良呂張		兩良奬		亮力讓		略離灼	
知	張陟良		長丁丈		帳陟亮		著張略	
徹	募褚羊		昶勑兩		悵丑亮		敠丑略	
澄	長直良		丈直兩		仗直亮		著張略	
娘	孃女良				釀女亮			
精	將即良		獎即兩		醬即亮		爵即略	
清	鏘七良						鵲七雀	
從	牆疾良				匠疾亮		嚼在雀	
心	襄息良		想自兩		相息亮		削息灼	
邪	詳似羊		像詳兩					
莊	莊側羊				壯側亮		斮側略	
初	瘡楚良		磢測兩		創初亮			
崇	牀士莊				狀鋤亮			
生	霜所良		爽疎兩					
章	章諸良		掌職兩		障之亮		灼之略	
昌	昌處良		敞昌上		唱昌亮		綽處灼	
船								
書	商書羊		賞識兩		餉式亮		爍書灼	
常	常時羊		上時掌		尙常亮		妁市若	
日	攘汝羊		壤如兩		讓如仗		若而灼	
見	薑居良		繦居兩			誑九妄	腳居灼	矍居縛
溪	羌去良	匡去王			唴丘向		卻去約	躩丘籰
群	強巨良	狂渠王	勥其兩	臦渠往	勥其亮		噱其虐	懼屬曠韻
疑			仰魚兩		㸰語向		虐魚約	
曉	香許良		響許兩	怳許昉	向許亮	況許放	謔虛約	矆許縛
匣		王雨方		往王兩				籰王縛
影	央於良		鞅於兩	枉紆兩	怏於亮		約於略	嬳憂縛
以	陽与章		養餘兩		樣餘亮		藥以灼	

宕攝單字音表（二）

	唐一開	唐一合	蕩一開	蕩一合	宕一開	宕一合	鐸一開	鐸一合
幫			榜博朗		謗補浪		博補各	
滂	滂普郎		髈普朗				顂匹各	
並	傍步光				徬蒲浪		泊傍各	
明	茫莫郎		莽莫朗		漭莫郎 岇莫榔		莫暮各	
端	當都郎		黨德朗		讜丁浪			
透	湯吐郎		曭他朗		儻他浪		託他各	
定	唐徒郎		蕩堂朗		宕杜浪		鐸徒落	
泥	囊奴當		曩奴朗		儾奴浪		諾奴各	
來	郎魯唐		朗盧黨		浪郎宕		落盧各	
知								
徹								
澄								
娘								
精	臧則郎		駔子朗		葬則浪		作則各	
清	倉七良						錯倉各	
從	藏昨郎		奘在朗		藏徂浪		昨在各	
心	桑息郎		顙蘇朗		喪蘇浪		索蘇各	
邪								
莊								
初								
崇								
生								
章								
昌								
船								
書								
常								
日								
見	剛古郎	光古皇	魟各朗	廣古晃	廣姑曠 桄剛浪		各古落	
溪	康苦對	髖苦光	慷苦朗		抗苦浪	曠苦謗	恪苦各	
群								
疑	卬五剛				枊五浪		咢五各	
曉	炕呼郎	荒呼光		慌虎晃			臛呵各	㰌虎郭
匣	航胡郎	黃胡光	沆胡朗	晃胡廣	吭下浪	潢呼浪	涸下各	穫胡郭
影	鴦烏郎	汪烏光	坱烏朗	汪烏朗	盎阿浪		惡烏各	雘烏郭
以								

止攝單字音表（一）

	支開A	支開B	支合A	支合B
幫	卑必移	陂彼爲		
滂	悂匹卑	鈹敷羈		
並	陴頻移	皮符羈		
明	彌武移	糜靡爲		
端				
透				
定				
泥				
來		離呂移		羸力爲
知		知陟移		腄竹垂
徹		摛丑知		
澄		馳直知		鬌直垂
娘				
精	貲即移		厜姊規劑觜隨騒子垂	
清	雌七移			
從	疵疾移			
心	斯息移		眭息爲	
邪			隨旬爲	
莊				
初		差楚宜		衰楚危
崇				
生		釃所宜		韉山垂
章	支章移			
昌	眵叱支		吹昌爲	
船				
書	絁式支			
常	提是支		垂是爲	
日	兒汝移			
見		羈居宜	槻居隨	嫣居爲
溪		鼓去奇	闚去隨	虧去爲
群	衹巨支	奇渠羈		
疑		宜魚羈		危魚爲
曉	詑香支	犧許羈	隳許規	麾許爲
匣				爲薳支
影		漪於離		逶於爲
以			雓䁐与規獮弋垂	

止攝單字音表（二）

	紙開A	紙開B	紙合A	紙合B	寘開A	寘開B	寘合A	寘合B
幫	俾卑婢	彼卑被			臂卑義	賁彼義		
滂	諀匹婢	跛匹靡			譬匹義	帔披義		
並	婢辟尔	被皮彼			避婢義	髲皮義		
明	洦民婢	靡文彼						
端								
透								
定								
泥								
來		邐力氏		累力委		詈力智		累羸偽
知		捯陟侈				智知義		
徹		褫勅豸						
澄		豸池尔						縋馳偽
娘		狔女氏						諉女睡
精	紫茲此		觜即委		積紫智			
清	此雌氏				刺此豉			
從			惢才捶		漬在智			
心	徙斯氏		髓息委		賜斯義			
邪			隨隨婢					
莊		批側氏				縒爭義		
初				揣初委				
崇								
生		躧所綺				屣所寄		
章	紙諸氏		捶之累		寘支義		惴之睡	
昌	侈尺氏						吹尺偽	
船	舓食紙							
書	䗴式氏				翅施智			
常	是丞紙				豉是義		睡是偽	
日	爾兒氏		蘂而髓				枘而睡	
見		掎居綺		詭居委	馶駭勁賜	寄居義		賜詭偽
溪		綺墟彼	跬去弭	跪去委	企去智	尶卿義	觖窺瑞	
群		技渠綺		跽求累		芰奇寄		
疑		蟻魚倚		硊魚毀		議宜寄		偽危賜
曉		豷興倚		毀許委		戲義義	嫿呼恚	
匣				蔿為委				為榮偽
影		倚於綺		委於詭	縊於賜	倚於義	恚於避	餧於偽
以	酏移尓		㳂羊捶		易以豉			

止攝單字音表（三）

	脂開A	脂開B	脂合A	脂合B	旨開A	旨開B	旨合A	旨合B
幫		悲府眉			匕卑履	鄙八美		
滂	紕匹夷	丕敷悲				嚭匹鄙		
並	毗房脂	邳符悲			牝膚履	否符鄙		
明		眉武悲				美無鄙		
端	胝丁私				薾胝几			
透								
定								
泥								
來		梨力脂	灕力追			履力己	壘力軌	
知			追陟隹					
徹		絺丑脂						
澄		墀直尼	鎚直追			雉直几		
娘		尼女脂				柅女履		
精	咨即脂		嶉醉綏		姊將几		濢遵誄	
清	郪次私						趡千水	
從	茨疾脂						靠但壘	
心	私息脂		綏息遺		死息姊			
邪					兕徐姊			
莊								
初								
崇								
生		師疏脂		衰所追				
章	脂旨夷		錐職追		旨職雉			
昌	鴟處脂		推尺隹					
船								
書	尸式脂				矢式視		水式軌	
常			誰視隹		視承旨			
日			蕤儒隹					
見		飢居脂		龜居追		几居履	癸居履	軌居美
溪				巋丘追				
群		鬐渠脂	葵渠隹	逵渠追		跽暨几	揆葵癸	跪暨軌 跽暨几
疑		狋牛肌						
曉			倠許維				瞡許癸	
匣				帷洧悲				洧榮美
影	伊於脂					軟於几		
以	姨以脂		惟以隹				唯以水	

止攝單字音表（四）

	至開A	至開B	至合A	至合B	之丑開	止丑開	志丑開
幫	痹必至	秘鄙媚					
滂	屁匹鼻	濞匹偤					
並	鼻毗志	備平秘					
明	寐密二	郿美秘					
端							
透							
定		地徒四					
泥							
來		利力至		類力遂		里良士	吏力置
知		致陟利		轛追穎		征陟里	置陟吏
徹		屎丑利				恥敕里	眙丑吏
澄		緻直利		墜直類		峙直里	值直吏
娘		膩女利					
精	恣資四		醉將遂			子即里	
清	次七四		翠七醉				蠢七吏
從	自疾二		萃疾醉				字疾置
心	四息利		邃雖遂		思息茲	枲胥里	笥相吏
邪			遂徐醉			似詳里	寺辝吏
莊						滓側李	胾側吏
初					輜楚治	㝖初紀	廁初吏
崇						士鋤里	事鋤吏
生				帥所類		史疏士	駛所吏
章	至旨利				之止而	止諸市	志之吏
昌			出尺類			齒昌里	熾尺志
船	示神至						
書	屍矢利		痿鬎涙 訣失二		詩書之	始詩止	試式吏
常	嗜常利				時市之	市時止	侍時吏
日	二而至				而如之	耳而止	餌仍吏
見		冀几利	季癸悸	媿軌位		紀居似	記居吏
溪	弃詰利	器去冀		喟丘愧		起墟里	亟去吏
群		臮其器	悸其季	匱逵位	其渠之		忌其既
疑		劓魚器			疑語基	擬魚紀	䰄魚記
曉		齂許器	瞲許鼻 血火季	豷許位		喜虛里	憙許記
匣				位洧冀		矣于紀	
影		懿乙利				懿於擬	意於既
以	肆羊志		遺以醉		飴與之	以羊止	異餘吏

止攝單字音表（五）

	微子開	微子合	尾子開	尾子合	未子開	未子合
幫			匪非尾		沸符謂	
滂			斐妃尾			
並			膹浮鬼		膔扶沸	
明	微無非		尾無匪		未無沸	
端						
透						
定						
泥						
來						
知						
徹						
澄						
娘						
精						
清						
從						
心						
邪						
莊						
初						
崇						
生						
章						
昌						
船						
書						
常						
日						
見			蟣居狶	鬼居葦	既居未	貴居謂
溪			豈氣里		氣去既	尯丘畏
群						
疑			顗魚豈		毅魚既	魏魚貴
曉			狶虛豈	虺許葦	欷許既	諱許貴
匣				韙韋鬼		謂云貴
影			扆於豈	磈於鬼	衣於既	尉於胃
以						

遇攝單字音表

	魚丑	語丑	御丑	虞丑	麌丑	遇丑	模一	姥一	暮一
幫					甫方主	付府遇		補博戶	布博故
滂					撫敷武	赴撫遇		普滂古	怖普故
並					父扶宇	附符遇		簿裴古	捕薄故
明					武無主	務武遇	模莫胡	姥莫補	暮莫故
端		貯丁呂						覩當古	妒當故
透								土他古	兔湯故
定								杜徒古	渡徒故
泥								怒奴古	笯乃故
來		呂力舉	慮力據		縷力主	屢李遇		魯郎古	路洛故
知			著張慮		黜知主	註中句			
徹		楮丑呂							
澄		佇除呂	筯治據		柱直主	住持遇			
娘		女居寧	女乃據						
精		苴子與	怚子據			緅子句 足即具		祖側古	
清		跛七與	覷七慮		取七廋	娶七句		麤采古	厝倉故
從		咀茲呂			聚慈庾	堅才句		粗似古	祚昨故
心		諝私呂	絮息據		須思主				訴蘇故
邪		敘徐舉							
莊		阻側呂	詛側據						
初		楚初舉	無			蒭芻注			
崇		齟鋤呂	助鋤據		𤩲仕雨				
生		所疏舉	疏所據		數所矩	數色句			
章		煮諸與	䰇之據		主之庾	注之戍			
昌		杵昌與	處昌據						
船		紓神與							
書		暑舒莒	恕式據			戍傷遇			
常		墅時與	署常慮		豎殊主	樹殊遇			
日		汝如與	洳而據		乳而主	孺而遇			
見		舉居許	據居御		矩俱羽	屨俱遇		古姑戶	顧古暮
溪		去羌呂	故卻據		齲驅主	驅主遇		苦枯戶	袴苦故
群		巨其呂	遽渠據		窶其矩	懼其遇			
疑	魚語居	語魚舉	御魚據	虞語俱	麌虞矩	遇虞樹		五吾古	誤五故
曉		許虛舉	噓虛攄		詡況羽	昫香句		虎呼古	
匣					羽于矩	芌羽遇		戶胡古	護胡故
影		扴於許	飫於據		傴於武	嫗紆遇		塢烏古	污烏故
以		與余莒	豫余據		庾以主	裕羊孺			

蟹攝單字音表（一）

	齊四開	齊四合	齊丑開	薺四開	霽四開	霽四合
幫				鞞補米	閉博計	
滂					媲匹詣	
並				陛傍礼	薜薄計	
明				米莫礼	謎莫計	
端				邸都礼	帝都計	
透				體他礼	替他計	
定				弟徒礼	第特計	
泥				禰乃礼	泥奴細 濘泥戾	
來				礼盧啓	麗魯帝	
知						
徹					螮丑戾	
澄						
娘						
精				濟子礼	霽子計	
清				泚千礼	砌七計	
從	齊徂斯			薺徐礼	嚌在細	
心				洗先礼	細蘇計	
邪						
莊						
初						
崇						
生						
章						
昌						
船						
書						
常						
日						
見					計古脂	桂古惠
溪				啓康礼	契苦計	
群						
疑				倪吾礼	詣五計	
曉						嘒虎惠
匣				傒胡礼	薂胡計	慧胡桂
影				吟一弟	翳於計	
以						

蟹攝單字音表（二）

	祭開 A	祭開 B	祭合 A	祭合 B	泰一開	泰一合
幫	蔽必袂				貝博蓋	
滂					霈普蓋	
並	弊毗祭				旆蒲外	
明	袂弥獘					
端					帶都蓋	祋丁外
透					泰他蓋	娧他外
定					大徒蓋	兌杜會
泥					褹奴帶	
來		例力滯			賴落蓋	酹郎外
知		瘈竹例		綴陟衛		
徹		跇丑世				
澄		滯直例				
娘						
精	祭子例		蕝子芮			最作會
清			毳此芮		蔡七蓋	
從						蕞在外
心			歲相芮			
邪			篲囚歲			
莊						
初				𪗱楚歲		
崇						
生		㩖所例		啐山芮		
章	制職例		贅之芮			
昌	掣尺制					
船						
書	世舒制		稅舒芮			
常	逝時制		啜市芮			
日			芮而銳			
見		猘居例		劂居衛	蓋古太	儈古兌
溪		憩去例			磕苦蓋	稽苦會
群		偈其憩				
疑	藝魚祭	劓義例			艾五蓋	外吾會
曉					餀海蓋	譮虎外
匣				衛羽歲	害胡蓋	會黃帶
影		猲於罽			藹於蓋	懀烏外
以	曳餘制		銳以芮			

蟹攝單字音表（三）

	皆二開	皆二合	駭二開	界二開	界二合	夬二開	夬二合	廢子開	廢子合
幫				拜博怪				廢方肺	
滂				湃普拜				肺芳廢	
並				憊蒲界		敗薄邁		吠符廢	
明				眜莫拜		邁苦話			
端									
透									
定									
泥				褹女界					
來									
知									
徹						蠆丑界			
澄									
娘									
精									
清									
從									
心									
邪									
莊				瘵側界					
初							嘬楚夬		
崇									
生				鎩所界	冊所界				
章									
昌									
船									
書									
常									
日									
見	皆古諧		鍇古駭	界古拜	怪古壞	芥古邁	夬古邁		
溪			楷苦駭	炫客界	蒯苦拜		快苦夬		獪丘吠
群									窤巨穢
疑			騃五駭	聘五界	聵五拜				乂魚廢
曉						講火界	咶火夬		喙許穢
匣			駭乎楷	械戶界	壞胡恠		話下快		
影			挨於駭	噫烏界		喝於界	𩖀烏夬		穢於肺
以									

蟹攝單字音表（四）

	灰一合	臺一開	賄一合	待一開	待丑開	誨一合	代一開
幫						背補配	
滂				啡匹愷 俖普乃		配普佩	
並			琲蒲罪	倍薄亥		佩薄背	
明			浼武罪	穤莫亥		妹莫佩	穤莫代
端			膇都罪	等多改		對都佩	戴都代
透			骰吐猥			退他內	貸他代
定		臺徒來	鐓徒猥	待徒亥		隊徒對	代徒戴
泥			餒奴罪	乃奴亥		內奴對	耐乃代
來			磥落猥			纇盧對	賚洛代
知							
徹							
澄							
娘							
精			嶊子罪			晬子對	載作代
清			皠七罪		採七宰	倅七碎	菜倉代
從			罪徂賄		在昨改		載在代
心			侑羽罪			碎蘇對	賽先代
邪							
莊							
初							
崇							
生							
章							
昌					茝昌待		
船							
書							
常							
日							
見				改古亥		憒古對	溉古礙
溪			頍口猥			塊苦對	慨苦愛
群							
疑			頠五罪			磑五內	礙五愛
曉	灰呼恢		賄呼猥			誨荒佩	
匣			瘣胡罪	亥胡改		潰胡對詣 戶𠃌	瀣胡愛
影			猥烏賄	欸於改		𩳁烏續	愛烏代
以							

臻攝單字音表（一）

	眞開A	眞開B	眞合A	眞合B	臻開A	軫開A	軫開B	軫合A	軫合B
幫									
滂									
並						牝毗忍			
明						泯武盡	愍眉殞		
端									
透									
定									
泥									
來							僯力軫		輪力尹
知									
徹							辴勑忍		
澄							紖直忍		
娘									
精						儘子忍			
清						笉千忍			
從									
心								筍思忍	
邪						盡慈忍			
莊					臻側詵				
初									
崇									
生									
章	真職隣					軫之忍		准之尹	
昌								蠢尺尹	
船								盾食尹	
書						矧式忍		賰式尹	
常						腎時忍			
日						忍而引		蝡而尹	
見						緊居忍 巾飢腎			
溪							螼丘忍		麇丘殞
群									窘渠殞
疑							釿宜忍		輑牛殞
曉									
匣									殞于閔
影									
以						引余軫		尹余准	

臻攝單字音表（二）

	震開A	震開B	震合A	震合B	質開A	質開B	質合A	質合B	櫛開A
幫	儐必刃				必甲吉	筆鄙密			
滂	顐匹刃 汖撫刃				匹譬吉				
並					邲毗必	弼房律			
明					蜜民必	密美筆			
端									
透									
定									
泥									
來		遴力進				栗力質		律呂郵	
知		鎮陟刃				窒陟栗		怵竹律	
徹		疹丑刃				抶丑栗		黜丑律	
澄		陣直刃				秩直質		朮直律	
娘						暱尼質			
精	晉即刃		儁子峻		聖資悉		卒子聿		
清					七親悉		焌千恤		
從	賮疾刃				疾秦悉		崒聚郵		
心	信息晉		峻私閏		悉息七		卹辛律		
邪	賮疾刃		殉辝閏						
莊									櫛阻瑟
初		櫬楚覲				刺初栗			
崇									
生								率所律	瑟所櫛
章	震職刃		稕之閏		質之日				
昌					叱齒日		出尺聿		
船			順脣閏		實神質		術食聿		
書	眒式刃		舜舒閏		失識質				
常	慎是刃								
日	刃而進		閏如舜		日人質				
見					吉居質		橘居蜜		
溪	敌去刃				詰去吉				
群		僅渠遴				姞巨乙	趌其聿		
疑		憖魚覲				耴魚乙			
曉		衅許覲			欯許吉	盻許乙	颭許聿		
匣				韻永爐				颭于筆	
影	印於刃				一憶質	乙於筆			
以	胤與晉				逸夷質		聿餘律		

臻攝單字音表（三）

	文子合	斤子開	吻子合	謹子開	問子合	靳子開	物子合	迄子開
幫			粉方吻		糞府問		弗分勿	
滂			忿敷粉		湓紛問		拂敷物	
並			憤房吻		分扶問		佛符弗 祓孚勿	
明	文武分		吻武粉		問無運		物無佛	
端								
透								
定								
泥								
來								
知								
徹								
澄								
娘								
精								
清								
從								
心								
邪								
莊								
初								
崇								
生								
章								
昌								
船								
書								
常								
日								
見		斤舉斤		謹於隱	攈居運	靳居焮	亥九勿 莙恭屈	訖居乞
溪							屈區物	乞去訖
群					郡渠運	近巨靳	倔衢勿	起其迄
疑			顐戶吻					疙魚迄
曉					訓許運	焮許靳	颮許物	迄許訖
匣			抎反切缺		運云問		爆王物	圪于乞
影			惲於粉		醞於問	㤢於靳	鬱紆勿	
以								

臻攝單字音表（四）

	登一開	登一合	等一開	嶝一開	德一開	德一合
幫				窃方鄧	北博墨	
滂						
並				倗父鄧	菔傍北	
明				懜武亙	墨莫北	
端	登都縢		等多肯	嶝都鄧	德多則	
透					忒他則	
定				鄧徒亙	特徒德	
泥						
來				踜魯鄧	勒盧德	
知						
徹						
澄						
娘						
精					則子得	
清				蹭七贈		
從				贈昨磴	賊昨則	
心					塞蘇則	
邪						
莊						
初						
崇						
生						
章						
昌						
船						
書						
常						
日						
見				亙古嶝		國古或
溪					刻苦德	
群						
疑						
曉					黑呼德	
匣						或胡國 劾胡北
影					餩愛黑	
以						

臻攝單字音表（五）

	寒一開	寒一合	旱一開	旱一合	翰一開	翰一合	褐一開
幫					半博漫		撥博末
滂					判普半		鏺普栝
並					叛薄半		跋蒲撥
明					縵莫半		末莫曷
端					旦丹桉	鍛都亂	怛當割
透					炭他旦	彖他亂	闥他達
定					憚徒旦	段徒玩	達陁割
泥						偄乃亂	捺奴曷
來					爛盧旦	亂洛段	剌盧達
知							
徹							
澄							
娘							
精					讚則旦	穳子筭	鬢子末
清					粲倉旦	竄七段	攃七曷
從					孱徂粲		巀才達
心					繖蘇旦	筭蘇段	躠桑割
邪							
莊							
初							
崇							
生							
章							
昌							
船							
書							
常							
日							
見					旰古旦	貫古段	葛古達
溪					侃苦旦		渴苦割
群							
疑					岸五旦	玩五段	辥五割
曉					漢呼旦	瑍呼亂	顯許葛
匣	寒戶安		旱胡滿		翰胡旦	換胡段	褐胡葛
影					按烏旦	薍烏段	遏烏葛
以							

臻攝單字音表（六）

	魂一合	痕一開	混一合	很一開	慁一合	恨一開	紇一開	紇一合
幫								
滂					噴普悶			咄普沒 踤普沒
並					坌盆悶			勃蒲沒
明					悶莫困			沒莫勃
端					頓都困			咄當沒
透								宊他骨
定					鈍徒困			宔陀忽
泥					嫩奴困			訥諾骨
來								䘏勒沒
知								
徹								
澄								
娘								
精					焌子寸			卒則沒
清					寸七困			猝麁沒
從					鐏存困			捽昨沒
心					巽蘇困			窣蘇沒
邪								
莊								
初								
崇								
生								
章								
昌								
船								
書								
常								
日								
見					㖮古鈍	艮古恨		骨古忽
溪					困苦悶			窟苦骨
群								
疑					顐五困	鰮五恨		兀五忽
曉								忽呼骨
匣	魂戶昆	痕戶恩	混胡本	很痕墾	慁胡困	恨戶艮	紇下沒	
影					搵烏困	鰮恩恨		頜烏沒 歕一骨
以								

山攝單字音表（一）

	先四開缺	先四合缺	銑四開缺	銑四合缺	霰四開	霰四合	屑四開	屑四合
幫					遍博見		彆方結	
滂					片普見		撇普篾	
並							蹩蒲結	
明					麵莫見		蔑莫結	
端							窒丁結	
透					瑱天見		鐵他結	
定					電堂見		姪徒結	
泥					晛奴見		涅奴結	
來					練洛見		糏練結	
知								
徹								
澄								
娘								
精					薦作見		節子結	
清					蒨千見		切千結	
從					薦在見		截昨結	
心			銑藕典		霰蘇見		屑先結	
邪								
莊								
初								
崇								
生								
章								
昌								
船								
書								
常								
日								
見					見堅電	睊古縣	結古屑	玦古穴
溪					倪苦見		猰苦結	闋苦穴
群								
疑					硯五見		齧五結	
曉						絢許縣	奅虎結	血呼決
匣					現戶見	縣玄絢	纈胡結	穴胡玦
影					宴烏見	䔾烏縣	噎烏結	抉於穴
以								

山攝單字音表（二）

	仙開 A	仙開 B	仙合 A	仙合 B	獮開 A	獮開 B	獮合 A	獮合 B
幫								
滂								
並								
明								
端								
透								
定								
泥								
來								
知								
徹								
澄								
娘								
精								
清								
從								
心					獮息淺			
邪								
莊								
初								
崇								
生								
章								
昌								
船								
書								
常								
日								
見								
溪								
群								
疑								
曉								
匣								
影								
以								

山攝單字音表（三）

	線開A	線開B	線合A	線合B	薛開A	薛開B	薛合A	薛合B
幫		變彼眷			鷩並列	鷩變別		
滂	䘺匹扇				瞥芳滅			
並		卞皮變			㜹扶列	別憑列		
明	面弥便				滅亡列			
端								
透								
定								
泥								
來			戀力卷			列呂薛		劣力惙
知		驟陟彦	囀知戀			哲陟列		輟陟劣
徹			猭丑戀			屮丑列		妜丑劣
澄			傳直戀			轍直列		珳䡏絕
娘	輾女箭						吶女劣	
精	箭子賤				蠽姊列		蕝子悅	
清			繰七選				膬七絕	
從	賤在線						絕情雪	
心	線私箭		選息便		薛私列		雪相絕	
邪			淀辝選					
莊								茁側劣
初						笰廁別		
崇				饌士變		轄士列 辥助列		
生				篹所眷		楔山列		歃所劣
章	戰之膳				晢旨熱		拙職雪	
昌	硟尺戰		釧尺絹				歠昌雪	
船					舌食列			
書	扇式戰				設式列		說失熱	
常	繕市戰		揰豎釧				啜樹雪	
日			瞤人絹		熱如列		蓺如雪	
見			絹古掾	眷居倦	子居列		翾嬌劣	蹶紀劣
溪	譴遣戰					揭去竭	缺傾雪	
群				倦渠卷		傑渠列		
疑		彦魚變				孼魚列		
曉					娎許列	旻許列		
匣				瑗王眷				
影		躽於扇			焆於列		妜於悅	噦乙劣
以			椽以絹				悅翼雪	

山攝單字音表（四）

	刪二開	刪二合	潸二開	潸二合	訕二開	訕二合	鎋二開	鎋二合
幫							捌百鎋	
滂					攀普患			
並								
明					慢莫晏		矴莫鎋	
端								鷍丁刮
透							獺他鎋	
定								
泥								
來								
知								
徹					鄝丑晏			頒丑刮
澄								
娘						奻女患	瘝女鎋	豽女刮
精								
清								
從								
心								
邪								
莊								
初					鏟初鴈	篡楚患	刹初鎋	籫初刮
崇					棧士諫			
生			潸數板		訕所晏			
章								
昌								
船								
書								
常								
日							髫而鎋	
見					諫古晏	慣古患	鷡古鎋 趏古滑	刮古頒
溪							篶枯鎋	
群								
疑					鴈五晏	薍五患	齾吾鎋	朙五刮
曉							瞎胡鎋	
匣						患胡慣	鎋胡瞎	頢下刮
影					晏烏澗		鷃乙鎋	
以								

山攝單字音表（五）

	山二開缺	山二合缺	產二開缺	襉二開	襉二合	黠二開	黠二合
幫						八博拔	
滂				盼普莧		汃普八	
並				辦薄莧		拔蒲八	
明				蔄莫莧		密莫八	
端							窡丁滑
透							
定				袒大莧			
泥							
來							
知							
徹							
澄							
娘						疒女黠	豽女滑
精							
清							
從							
心							
邪							
莊						節側八	
初				羼初莧		齒截初八	
崇							
生			產所簡			殺所八	
章							
昌							
船							
書							
常							
日							
見				襉古莧		戛古黠	劼古滑
溪						瓡恪八	劶口八
群							
疑							黜五滑
曉							傄呼八
匣				莧侯辦	幻胡辦	黠胡八	滑戶八
影						軋烏八	嗗烏八
以							

山攝單字音表（六）

	元子開	元子合	阮子開	阮子合	願子開	願子合	月子開	月子合
幫					販方彭		髮方月	
滂					娩芳万		怖匹伐	
並					飯符万		伐房越	
明					万無販		韈望發	
端								
透								
定								
泥								
來								
知								
徹								
澄								
娘								
精								
清								
從								
心								
邪								
莊								
初						齤叉万		
崇								
生								
章								
昌								
船								
書								
常								
日								
見						建居万	攣居願	訐居謁	厥居月
溪						券去彭			闕去月
群						健渠建		朅其謁	鱖其月
疑				阮虞遠	願魚怨			月魚厥
曉					獻許建	楥許勸	歇許謁	颰許月
匣						遠于彭		越王伐
影					堰於建	怨於彭	謁於歇	嫛於月 噦乙劣
以								

效攝單字音表（一）

	蕭四	篠四	嘯四	霄A	霄B	小A	小B	笑A	笑B
幫									裱必廟
滂								剽匹笑	
並								驃毗召	
明								妙彌召	廟眉召
端			弔多誚						
透			糶他弔						
定			蕮徒弔						
泥			尿奴弔						
來			顟力弔					燎力召	
知									
徹									朓丑召
澄									召持笑
娘									
精								醮子誚	
清								峭七肖	
從								噍才笑	
心		篠蘇鳥	嘯蘇弔			小私兆		笑私妙	
邪									
莊									
初									
崇									
生									
章								照之笑	
昌									
船									
書								少失召	
常								邵常照	
日									
見			叫古弔						
溪			竅苦弔					趬丘召	
群									
疑			顤五弔					翹牛召	嶠渠廟
曉			歔火弔						
匣									
影			突烏弔					要於笑	
以								曜弋笑	

効攝單字音表（二）

	肴二之半	絞二	教二	豪一	晧一	号一
幫			豹博教	襃博毛		報博耗
滂			奅匹豹			
並	庖薄交		皰防教	袍薄襃		暴薄報
明			貌莫教	毛莫袍		帽莫報
端			罩都教	刀都勞		到都導
透				饕土高		
定				陶徒刀		導徒到
泥			橈奴効	猱奴刀		
來				勞盧刀		嫪盧到
知	嘲張交					
徹			趠褚教			
澄			棹直教			
娘						
精				糟作曹		竈側到
清				操七刀		操七到
從				曹昨勞		漕在到
心				騷蘇遭		喿蘇到
邪						
莊	䟃側交		抓側教			
初	讓楚交		抄初教			
崇						
生			稍所教			
章						
昌						
船						
書						
常						
日						
見		絞古巧	教古校	高古勞		誥古到
溪			敲苦教	尻苦勞		鎬苦到
群						
疑	聱五交		樂五教	敖五勞		傲五到
曉			孝呼教	蒿呼高		耗呼報
匣			效胡教	豪胡刀	晧胡老	号胡到
影	䫜於交		靿一豹	爊於刀		奧烏到
以						

梗攝單字音表（一）

	庚二開	庚二合	庚子開	庚子合	梗二開	梗二合	梗子開	梗子合
幫	閞逋盲		兵補榮					
滂	磅撫庚							
並	彭薄庚		平符兵					
明	盲武更		明武兵					
端								
透								
定								
泥	鬤乃庚							
來								
知	趟竹盲							
徹	瞠丑庚							
澄	根直庚							
娘								
精								
清								
從								
心								
邪								
莊								
初	鎗楚庚							
崇	傖助庚							
生	生所京							
章								
昌								
船								
書								
常								
日								
見	庚古行	觥古橫	驚舉卿		梗古杏			
溪	坑客庚		卿去京					
群			擎渠京					
疑			迎語京					
曉	脝許庚	諻虎橫			兄許榮			
匣	行戶庚	橫胡盲			榮永兵			
影			霙於驚					
以								

梗攝單字音表（二）

	更二開	更二合	更子開	更子合	格二開	格二合	格子開	格子合
幫	榜北諍		柄鄙病		伯博白		碧逋逆	
滂					拍普伯			
並			病被敬		白傍陌			
明	孟莫鞕		命眉映		陌莫百			
端								
透								
定								
泥								
來								
知	倀豬孟				磔陟格			
徹					坼丑格			
澄	鋥宅硬				宅場陌			
娘					蹃女伯			
精								
清								
從								
心								
邪								
莊					舴側陌			
初	瀙楚敬				柵惻戟			
崇					齚鋤陌			
生					索所戟			
章								
昌								
船								
書								
常								
日								
見	更古孟		敬居命		格古陌	虢古伯	戟几劇	
溪			慶綺映		客苦陌		隙綺戟	
群			競渠敬				劇奇逆	
疑	鞕五孟				額五百		逆宜戟	
曉	諱許孟				赫呼格	謋虎伯	虩許陌	
匣	行胡孟	蝗戶孟		詠為柄	垎胡格	嚄胡百		䪐于陌
影			映於敬		啞烏陌	擭一虢		㰯乙白
以								

梗攝單字音表（三）

	耕二開	耕二合	耿二開缺	諍二開	諍二合	隔二開	隔二合
幫	繃逋萌			迸北諍		檗博厄	
滂	怦普耕					擗普麥	
並	輧扶萌					欂蒲革	
明	甍莫耕					麥莫獲	
端							
透							
定						蠈徒革	
泥							
來							
知	朾中莖					摘陟革	
徹				掌他孟 歸更韻			
澄	橙直耕						
娘	儜女耕						
精							
清							
從							
心							
邪							
莊	爭側莖			諍側迸		責側革	
初	琤楚莖					策惻革 猜叉白	
崇	崝士耕					賾士革	
生						楝所責	
章							
昌							
船							
書							
常							
日							
見	耕古莖		耿古幸			隔古核	蟈古獲
溪	鏗口莖					礊口革	
群							
疑	娙五莖					𩌊五革	
曉		轟呼宏					騞呼麥
匣	莖戶耕	宏戶瑶				覈下革	獲胡麥
影	甖烏莖			䙆於諍		厄烏革	
以							

梗攝單字音表（四）

	清丑開	清丑合	請丑開	請丑合	清丑開	清丑合	昔丑開
幫	並府盈				摒畢政		辟必益
滂					響匹政		僻芳辟
並					摒防政		擗房益
明	名武並				詺武響		
端							
透							
定							
泥							
來	跉呂貞				令力政		
知	貞陟盈						
徹	檉勑貞				遉丑鄭		彳丑尺
澄	呈直貞				鄭直政		擲直炙
娘							
精	精子情						積咨昔
清	清七精		請七靖		清七政		皵七迹
從	情疾盈				淨疾政		籍秦昔
心	騂息營				性息正		昔私積
邪	餳徐盈						席詳亦
莊							
初							
崇							
生							
章	征諸盈				政之盛		隻之石
昌							尺昌石
船							麝食亦
書	聲書盈				聖聲正		釋施隻
常	成市征				盛承政		石常尺
日							
見					勁居盛		
溪	輕去盈	傾去盈			謦起政		蹠弃亦
群	頸巨成	瓊渠營					
疑							
曉					欨許令	夐虛政	
匣							
影	嬰於盈	縈於營					益伊昔
以	盈以成	營余傾		潁餘頃			繹羊益

梗攝單字音表（五）

	冥四開	冥四合	茗四開	茗四合	暝四開	暝四合	覓四開
幫							壁北激
滂	屏著丁						霹普激
並	瓶薄經						甓蒲歷
明	宴莫經		茗莫迥		暝莫定		覓莫歷
端	丁當經				矴丁定		的都歷
透	汀他丁				聽他定		逖他歷
定	庭特丁				定特徑		荻徒歷
泥	**寧**奴丁				**甯**乃定		怒奴歷
來	靈郎丁						靂閭激
知							
徹							
澄							
娘							
精	青蒼經						績則歷
清					靘千定		戚倉歷
從							寂昨歷
心	星桑經				腥息定		錫先擊
邪							
莊							
初							
崇							
生							
章							
昌							
船							
書							
常							
日							
見	經古靈	扃古螢			徑古定		激古歷
溪					罄苦定		燩去激
群							
疑							鶃五歷
曉	馨呼形						赥許狄 殈血歷
匣	形戶經	熒乎丁			脛戶定		檄胡狄
影	鯖於刑					鎣烏定	
以							

果攝單字音表

	歌一開	歌一合	歌丑開	歌丑合	哿一開	哿一合	箇一開	箇一合
幫	波博何						簸布貨	
滂	頗滂何						破普臥	
並	婆薄何							
明	摩莫何						磨莫箇	
端	多得何	陊丁戈						跢丁佐
透	他託何	詑吐禾						唾託臥
定	馳徒何	牠徒禾					駄唐佐	惰徒臥
泥	那諾何	捼奴禾					奈奴箇	愞乃臥
來	羅盧何	臝洛過					邏盧箇	纑魯臥
知								
徹								
澄								
娘								
精		侳子過					佐作箇	挫側臥
清	蹉七何	脞倉禾						剉麁臥
從	醝昨何	痤昨禾						
心		莎蘇禾						
邪								
莊								
初								
崇								
生								
章								
昌								
船								
書								
常								
日								
見	歌古俄	過古禾			哿古我		箇古賀	過古臥
溪	珂苦何	科苦禾	佉墟伽				坷口佐	課苦臥
群			茄巨羅					
疑	莪五哥	訛五禾					餓五箇	臥五貨
曉	訶虎何			靴希波				貨呼臥
匣	何胡哥	盉胡戈		嗵丁戈 / 陊丁戈			賀何箇	和胡臥
影	阿烏何	倭烏禾						涴烏臥
以			虵夷柯					

假攝單字音表（一）

	佳二開	佳二合	蟹二開（缺）	蟹二合（缺）	懈二開
幫					斦方卦
滂					派匹卦
並	牌薄佳				粺傍卦
明	瞙莫佳				賣莫懈
端					
透					
定					
泥	羺妳佳				
來					
知					
徹	扠丑佳				
澄					
娘					
精					
清					
從					
心					
邪					
莊					債側賣
初	釵楚佳				差楚懈
崇	柴士佳				瘥士懈
生	崽山佳 諰所柴				曬所賣
章					
昌					
船					
書					
常					
日					
見	佳古膎	媧姑柴	解鞋買		懈古隘
溪		咼苦蛙			夔苦賣
群					
疑	崖五佳				睚五懈
曉	醫火佳	蠵火咼			謑許懈
匣	膎戶佳				邂胡懈
影	娃於佳	蛙烏蝸			隘烏懈
以					

假攝單字音表（二）

	麻二開	麻二合	麻丑開	馬二開缺	馬二合缺	馬丑開缺	禡二開	禡二合	禡丑開
幫	巴百加						霸博駕		
滂	葩普巴						帊芳霸		
並	爬蒲巴						杷琶駕		
明	麻莫霞			馬莫下			禡莫駕		
端									
透									
定									
泥							朎乃亞		
來									
知	夈陟加	擓陟爪					吒陟訝		
徹	侘勑加						詫丑亞		
澄	宋宅加								
娘	拏女加								
精			噎子邪						唶子夜
清									笡淺謝
從			查市邪						褯慈夜
心									蝑思夜
邪			衺似嗟						謝似夜
莊	摣屬牙韻	髽莊華					詐側訝		
初	叉初牙						杈楚佳		
崇	楂鉏加						乍鋤駕		
生	砂所加							誜所化	
章			遮士奢						柘之夜
昌			車昌遮						趂充夜
船			虵食遮						射神夜
書			奢式車						舍始夜
常			闍視奢						
日			婼而遮						
見	嘉古牙						駕古訝	誇辰詐	
溪	齣客加						髂口訝	跨苦化	
群									
疑	牙五加						迓吾駕		
曉	煆許加	花呼瓜					嚇呼訝	化霍霸	
匣	遐胡加	華戶花					暇胡訝	摦胡化	
影	鴉烏加	窊烏瓜					亞烏駕		
以			邪以遮						夜以射

攄屬牙韻

深攝單字音表

	侵A	侵B	寢A缺	寢B缺	沁A	沁B	緝A	緝B
幫								
滂								
並								
明								
端								
透								
定								
泥					賃乃禁			
來		林力尋				菻力鴆		立力急
知		碪知林				椹陟鴆		縶陟立
徹		琛丑林				闖丑禁		湁丑入
澄		沈除深				鴆直任		蟄直立
娘		誑女心			妊女鴆			囝女洽
精	祲姊心				祲作鴆		喋姊入	
清	侵七林		寑七稔		沁七鴆		緝七入	
從	鱘昨淫						集秦入	
心	心息林						報先立 霅心緝	
邪	尋徐林						習似入	
莊		篸側今				譖側譖		戢阻立
初		嵾楚今				讖側譖		届初戢
崇		岑鋤簪						
生		森所今				滲所禁		澀色立
章	斟職深				枕職鴆		執之十 熱抏十	
昌	覣充針							
船							褶神執	
書	深式針						溼失入	
常	諶氏林						十是執	
日	任如林						入尔執	
見		金居音				禁居蔭		急居立
溪		欽去音						泣去急
群		琴渠今				肣巨禁		及其立
疑		吟魚今						岌魚及
曉		歆許今						吸呼及
匣								熠為立
影	愔於淫	音於今				蔭於禁		邑英及
以	淫余針							

曾攝單字音表

	蒸丑開	拯丑開缺	證丑開	職丑開	職丑合
幫	冰筆陵			逼彼力	
滂				堛芳逼	
並	憑扶冰		凭皮孕	愎符逼	
明					
端					
透					
定					
泥				匿女力	
來	陵力膺		餕里證	力良直	
知	征陟陵			陟竹力	
徹	僜丑升			勅恥力	
澄	澄直陵		眙丈證	直除力	
娘					
精			甑子孕	即子力	
清					
從	繒疾陵				
心				息相即	
邪					
莊				稄阻力	
初				測初力	
崇				崱士力	
生	洗山矜			色所力	
章	蒸諸膺	拯	證諸膺	職之翼	
昌	稱處陵		稱蚩證		
船	繩食陵		乘實證	食乘力	
書	升識承		勝詩證	識聲職	
常	承署陵			寔常職	
日	仍如承		認而證		
見	兢居陵			殛紀力	
溪	硱綺陵			輕丘力	
群	殑其矜			極渠力	
疑	疑魚陵			嶷魚抑	
曉	興虛陵		興許應	赩許力	洫況逼
匣					域榮逼
影	膺於陵		應於證	憶於力抑拎棘	
以	蠅餘陵		孕以證	弋与職	

流攝單字音表（一）

	尤丑	有丑	宥丑	侯一	厚一	候一
幫	不甫鳩		富府副		探方垢 企方負	
滂	飆匹尤		副敷救		剖普厚	仆匹豆
並	浮父謀		復扶富	裒蒲溝	部蒲口 婦防不	踣屬豆小韻
明	謀莫浮				母莫厚	茂莫候
端				兜當侯	斗當口	鬭丁豆
透				偷託侯	麩他后	透他候
定				頭度侯	稸趢口	豆徒候
泥				羺女溝	穀乃后	耨奴豆
來	劉力求		溜六救	樓落侯	塿盧斗	陋盧候
知	輈張畱	肘陟久	晝陟又			
徹	抽勒鳩	丑勒久	畜丑救			
澄	儔直由	紂直久	胄直又			
娘			糅女救			
精	遒即由 啾子由	酒子酉	僦即救	緅子侯	走子厚	奏則候
清	秋七游				耴倉后	輳倉候
從	酋字秋	湫在久	就疾僦	鯫徂鉤		
心	脩息流	滫息有	秀先救	涑速侯	叟蘇后	瘶蘇豆
邪	囚似由		岫似救			
莊	鄒則鳩	掫側久	皺側救			
初	搊楚求		簉初救			
崇	愁士求		驟鋤祐			
生	搜所鳩	溲疎有	瘦所救			
章	周職鳩	帚之久	呪職救			
昌	犨赤周	醜處久	臭鴟救			
船						
書	收式周	首書久	狩舒救			
常	讎市州	受植酉	授承秀			
日	柔耳由	蹂人久	輮人又			
見	鳩九求	久舉有	救久祐	鉤古侯	苟古厚	遘古候
溪	丘去求 惆去愁	糗去久		彄恪侯	口苦厚	寇苦候
群	裘巨鳩	舅巨久	舊巨救			
疑	牛語求			齵五侯	藕五口	
曉	休許尤	朽許九	齅許救	齁呼侯	吼呼猗	蔻呼候
匣	尤羽求	有云久	宥尤救	侯胡溝	厚胡口	候胡遘
影	憂於求	颱於柳		謳烏侯	歐烏厚	漚於候
以	猷以周	酉与久	狖余救			

流攝單字音表（二）

	幽丑	黝丑	幼丑
幫	彪補休		
滂			
並	淲扶烋彡		
明	繆武彪		謬靡幼
端			
透			
定			
泥			
來	鏐力幽		
知			
徹			
澄			
娘			
精	稵子幽	愀慈糾	
清	萑千侯		
從			
心			
邪			
莊			
初			
崇			
生	慘山幽		
章			
昌			
船			
書			
常			
日			
見	樛居虯	糾居黝	
溪			蹂丘幼
群	虯渠幽	蟉渠糾	
疑	聱語虯		
曉	飍香幽 烋許彪		
匣			
影	幽於虯	黝於糾	幼伊謬
以			

咸攝單字音表（一）

	鹽A	鹽B	琰A	琰B	艷A	艷B	葉A	葉B
幫		砭府廉				窆方驗		
滂								
並								
明								
端								
透								
定								
泥								
來		廉力鮎		斂力冉		殮力驗		獵良涉
知		霑張廉						輒陟葉
徹		頏丑廉		諂丑琰		覘勑艷		鋶丑輒
澄								牒直輒
娘		黏女廉						聂尼輒
精	尖子廉				嬂子豔		接紫葉	
清	籤七廉		憸七漸		壍七膽		妾七接 唼次接	
從	潛昨鹽		漸自冉				捷疾葉	
心	銛息廉							
邪	燖徐廉							
莊								
初								
崇								
生								
章	詹職廉				占將豔		讋之涉	
昌	韂處簷						謵叱涉	
船								
書	苫失廉		陝失冉		閃式贍		攝書涉	
常	棎視占				贍市豔		涉時攝	
日	髯汝鹽		冉而琰		染而贍		讘而涉	
見								鉣居輒
溪		慊丘廉	脥苦斂					厴去涉
群		箝巨淹						极其輒
疑		驗語廉				韻語窆		臬義涉
曉								
匣		炎于廉						曄云輒
影	懕於鹽	淹英廉	黶於琰		猒於豔	愔拎驗	瘱於葉	敿於輒
以	鹽余廉		琰以冉 掞由冉				葉与涉	

貶彼檢歸廣韻

咸攝單字音表（二）

	添四	忝四	㮇四	怗四
幫				
滂				
並				
明		㒠明忝		
端	髻丁兼	點多忝	店都念	聑丁協 笽竹爲
透	添他兼	忝他點	㮇他念	怗他協
定	甜徒兼	簟徒玷	磹徒念	爲徒協
泥	鮎奴兼	淰乃簟	念奴店	錜奴協 茶乃協
來	鬑勒兼	稴盧忝		需瓦盧協
知				
徹				
澄				
娘				
精			僭子念	浹子協
清				
從			暫潛念	蕪在協
心			礦先念	燮蘇協
邪				
莊				
初				
崇				
生				
章				
昌				
船				
書				
常				
日				
見	兼古甜	孂居點	兝念絕念 兼古念	頰古協
溪	謙苦兼	嗛苦簟	傔苦念	愜苦協
群				
疑				
曉	馦許兼			弽呼協
匣	嫌戶兼	鼸下忝		協胡鵊
影			裺於念	厴於協
以				

咸攝單字音表（三）

	覃一	禫一	醰一	沓一	談一	淡一	闞一	蹋一
幫								
滂								
並								
明					姏武酣	娾謨敢		
端	躭丁含	黕都感	馾丁紺	答都合	擔都甘	黵都敢	擔都濫	皴都盍
透	貪他含	襑他感	僋他紺	錔他合	甜他酣	菼吐敢	賧吐濫	榻吐盍
定	覃徒含	禫徒感	醰徒紺	沓徒合	談徒甘	噉徒敢 淡徒覽	憺徒濫	蹋徒盍
泥	南那含	腩奴感	喃奴紺	納奴沓				魶奴盍
來	婪盧含	壈盧感	無	拉盧沓	藍盧甘	覽盧敢	濫盧瞰	臘盧盍
知								
徹								
澄								
娘								
精	簪作含	昝子感	篸作紺	帀子沓	醦作三	噆子敢		
清	參倉含	慘七感	謲七紺		笘倉甘	黲倉敢		
從	蠶昨含	歜徂感		雜徂合	慙昨甘	槧才敢	暫慙濫	鐕才盍
心	糂蘇含	糂蘇感	俕蘇紺	趿蘇合	三蘇甘			儳私盍
邪								
莊								
初								
崇								
生								
章								
昌								
船								
書								
常								
日								
見	弇古南	感古禫	紺古暗	閣古沓	甘古三	敢古覽	餡公暫	頰古盍
溪	龕口含	坎苦感	勘苦紺	溘口沓	坩苦甘		闞苦濫	榼苦盍
群								
疑	儑五南	顉五感	儑五紺	㗙五合				儑五盍
曉	㟏火含	顩呼感		欱呼沓	蚶火談 歆戲㑣	葁工覽	詀呼濫	歒呼盍
匣	含糊男	頷胡感	憾下紺	合胡沓	酣胡甘		憨下瞰	盍胡臘
影	諳烏含	晻烏感	暗烏紺	姶烏合		埯安敢		鰪安盍
以								

咸攝單字音表（四）

	咸二	減二	陷二	洽二	銜二	檻二	鑑二	狎二
幫								
滂								
並					湴蒱銜		浭蒱鑑	
明								
端			跕都陷					跲杜甲
透								
定		湛徒減						
泥								
來		臉力減						
知	詀竹咸			箚竹洽				
徹		偘丑減						
澄			賺佇陷					牒大甲
娘		黏女減		囝女洽				
精		喊子減					覱子鑑 灖子鑑	
清								
從								
心								
邪								
莊		斬阻減	蘸㴜陷	眨阻洽				
初		臁初減		插楚洽	攙楚銜	醶初檻	懺楚鑑	鑷初甲
崇	讒士咸	瀺士減		蓬士洽	巉鋤銜	巉士檻	鑱士懺	
生	攕所咸	摻所斬		霎山洽	衫所銜	掔山檻	釤所鑑	翣所甲
章								
昌								
船								
書								
常								
日								
見	緘古咸	減古斬		夾古洽	監古銜		鑑格懺	甲古狎
溪	鵮苦咸	歉苦減	𪐴口陷	恰苦洽	嵌口銜	顑丘檻		
群								
疑	喦五咸				巖五銜			
曉	㪠許咸	闞火斬		𪖨呼洽		㺟荒檻	傐許鑑	呷呼甲
匣	咸胡讒	嗛下斬	陷戶韽	洽侯來	銜戶監	檻胡黤	覽胡懺 鬫下鑑	狎胡甲
影	猎乙咸		䭥於陷	踏烏洽		黯於檻		鴨烏狎
以								

咸攝單字音表（五）

	嚴子	凡子	广子	范子	嚴子	梵子	業子	乏子
幫								法方乏
滂		芝匹凡				泛敷梵		
並		凡符芝		范苻凵		梵扶泛		乏房法
明				嬰明范				
端								
透								
定								
泥								
來								
知								
徹								
澄								
娘								
精								
清								
從								
心								
邪								
莊								
初								
崇								
生								
章								
昌								
船								
書								
常								
日								
見			撿居儼			劍𩑔欠	刧居怯	
溪	攲丘嚴		攲丘广	凵丘范	欠去劍		怯去刧	猲起法
群								
疑	嚴語轍		广魚儉		嚴魚欠		業魚怯	
曉	轍虛嚴		險虛广				脅虛業	
匣								
影	腌於嚴				俺扵欠		腌於刧	
以								

第 6 章 《裴韻》的反切下字和《王三》、《唐韻》、《廣韻》等諸本韻書的異同及其反映的時音

6.1 《裴韻》反切下字和《王三》、《唐韻》、《廣韻》等韻書各韻中的分佈情形之比較

6.1.1 《裴韻》和《王三》、《唐韻》、《廣韻》反切下字不同，韻類不同的小韻反切及其時音特點

《裴韻》的反切下字大部分與《王三》、《廣韻》等《切韻》系諸本韻書相同，亦有少數屬于反切下字不同但是可以系聯，其韻類相同。反切下字不同、韻類不同的切語，探究其獨有的字音，這樣的反切下字涉及 31 個韻部，37 個反切下字，特殊的語音情況分爲五種：《裴韻》反切下字不同韻相混用 6 例；《裴韻》與諸本韻書反切下字系聯韻類有別 15 例；《裴韻》與諸本韻書反切下字韻部不同 10 例；《裴韻》與諸本韻書反切下字開、合口不同 4 例；疑爲誤寫 1 例。

6.1.1.1 《裴韻》反切下字不同韻相混用

通攝

1、鍾韻 1 例

「銎，醜銎反」，「銎，子紅反」，屬東韻字，作鍾韻字「銎」的反切下字，可見《裴韻》東鍾兩韻有混用的痕迹。

2、腫韻 2 例

《裴韻》：「湩，多恭反。」注云：「此冬之上聲。」《王三》：「湩，都隴反。」亦注：「是此冬之上聲，陸云冬無上聲，何失甚。」《廣韻》：「湩，都鶴切。」注云：「此是冬字上聲。」小注《王三》較繁，《裴韻》、《廣韻》較簡，但是拋開反切用字，都注明了「湩」是「冬」的上聲。這三個小韻反切上字「冬」和「都」聲類相同，《裴韻》的反切下字「恭」屬平聲鍾韻，《王三》《廣韻》的切下字「隴」「鶴」屬上聲腫韻，聲調不同，讀音不同，《裴韻》有鍾、腫混用的痕迹。

3、種（用）韻 1 例

《裴韻》：「憃，礦巷反。」《王三》、《廣韻》同：「憃，醜用反。」《裴韻》的反切下字「巷」，胡降反，是絳韻字，《王三》、《廣韻》的反切下字「用」是種（用）韻字，《裴韻》反切下字與之不同韻且不同攝，讀音有絳、用混用的迹象。

江攝

4、講韻 1 例

《裴韻》：「慃，烏朗反。」反切下字「朗」是蕩韻字，《王三》：「慃，烏項反。」反切下字「項」是講韻字，這兩個反切讀音不同。《裴韻》此處被切字屬講韻，與切下字「朗」不同韻，有講、蕩兩韻且江宕攝相混的痕迹。

咸攝

5、平聲鹽韻 1 例

《裴韻》：「廉，力兼反。」《王三》和《廣韻》：「廉，力鹽反。」

《裴韻》切下字「兼」，書中是「古甜反」，在添韻，這裡是鹽、添混用的一個特殊例子。

6.1.1.2《裴韻》與諸本韻書反切下字系聯韻類有別

宕攝

1、樣韻 1 例

　　《裴韻》：「況，許放反。」《王三》：「況，許妨反。」《唐韻》、《廣韻》切語爲「許訪」。《裴韻》反切下字「放，府妄反」，放、妄系聯爲一類，「妨，敷亮反。」妨、訪、亮、仗等系聯爲一類。它們讀音應有差別。

止攝

2、紙韻 1 例

　　《裴韻》：「婢，避尔反。」「俾，卑婢反。」「爾，兒氏反。」在《裴韻》中「婢、俾、爾、氏、紙、此、侈、豸」等根據反切系聯法的遞用原則可以系聯爲同一韻類。而《王三》、《切三》、《廣韻》：「婢，便俾反。」「俾，卑婢反。」婢、俾系聯爲一類，爾、氏、紙、此、侈、豸系聯爲另一類，屬於不同的韻類。因此，《裴韻》與以上韻書中的「婢」字，反切下字系聯情形不同，韻類不同，讀音也不相同。

3、止韻 1 例

　　《裴韻》：「紀，居似反。」和《切三》、《王一》相同。而《王三》：「紀，居以反。」《廣韻》：「紀，居理反。」《裴韻》「紀」小韻切下字「似，詳里反」，可以與「里」、「士」類字系聯爲一類，《王三》「紀」的反切下字「以，羊止反」，與「止」類切下字系聯爲一類，不能跟「里」、「士」類字系聯。因此，「似」與「以」韻類不同，讀音有差異。

蟹攝

4、祭韻 1 例

　　《裴韻》：「衛，羽歲反。」《王三》：「衛，爲劇反。」《唐韻》：「衛，於劇反。」《廣韻》：「衛，於歲切。」

　　在兩部韻書中，切下字「歲」皆作「相芮反」；切下字「劇」，《裴韻》寫作「翽」，「翽」、「劇」爲異體字，切語皆爲「居衛反」，通過系聯發現，《裴韻》中，「歲」、「衛」、「芮」可以系聯爲一個韻類，但是《王三》「劇」、「衛」系聯

為一類，不能與「芮」類字系聯。說明「歲」、「劇」在《裴韻》和《王三》兩書中韻類歸併情況不同，讀音有差異。《裴韻》和《廣韻》同。

臻攝

5、質韻 2 例

《裴韻》：「必，卑吉反。」與《切三》、《唐韻》、《廣韻》相同。《王三》：「必，比蜜反。」《裴韻》反切下字「吉」可與質類切下字系聯為一類，《王三》反切下字「蜜」與質類切下字分別系聯為兩個韻類，因此它們的被切字讀音可能有區別。

《裴韻》：「弼，旁律反。」《王三》：「弼，房律反。」《唐韻》、《廣韻》：「弼，房密反。」「律」和「密」系聯結果分屬兩個韻類。《裴韻》和《王三》的「弼」字音當與《唐韻》、《廣韻》有別。

6、登韻入聲德韻 1 例

《裴韻》：「餩，愛黑反。」和《廣韻》同。《王三》、《唐韻》：「餩，愛墨反。」

《裴韻》、《王三》、《唐韻》中反切下字「黑」和「墨」分別系聯為不同的韻類，其被切字讀音不同。

7、魂韻入聲紇韻 1 例

《裴韻》：「窣，蘇沒反。」《切三》、《王一》、《王三》、《唐韻》、《廣韻》皆為：「窣，蘇骨反。」

反切下字「沒」和「骨」系聯為兩類，其被切字小韻讀音不同。

山攝

8、仙韻去聲線韻 1 例

《裴韻》：「選，息便反。」《王三》、《唐韻》、《廣韻》：「選，息絹反。」

《裴韻》的切下字「便」不能與「絹」類字系聯，推知以上兩個小韻讀音不同。

9、入聲薛韻 2 例

《裴韻》：「說，失熱反。」《切三》、《王三》、《廣韻》：「說，失爇反。」

反切下字「熱，如列反」，「爇，如雪反」，在韻書中分別系聯爲兩類韻類，其被切字讀音有差異。

《裴韻》：「焆，許列反。」《王一》、《王三》、《唐韻》：「焆，許劣反。」

反切下字「列」和「劣」在《裴韻》和《王三》中分別系聯爲不同兩個韻類，其被切字讀音不同。

10、元韻入聲月韻 1 例

《裴韻》：「發，方月反。」《切三》、《王一》、《王三》、《唐韻》、《廣韻》：「發，方伐反。」

反切下字「月」和「伐」皆系聯爲兩個不同韻類，推知以上兩小韻《裴韻》與其他韻書讀音有差別。

梗攝

11、入聲格韻 1 例

《裴韻》：「諕，許陌反。」《切三》、《王三》、《唐韻》：「諕，許郤反。」

反切下字「陌」和「郤」在《裴韻》和其他韻書裏分別系聯爲兩個韻類，因此這兩個反切讀音不同。

12、清韻 1 例

入聲昔韻

《裴韻》：「彳，醜尺反。」《切三》、《王一》、《王三》、《唐韻》、《廣韻》：「彳，醜亦反。」這兩個反切的切下字「尺」和「亦」在《裴韻》和其他韻書裏分別系聯爲兩個韻類，因此這兩個反切讀音不同。

深攝

13、去聲沁韻 1 例

《裴韻》和《王一》：「譖，側譅反。」《王三》：「譖，側禁反。」《唐韻》、《廣韻》的反切是「莊蔭」。

《裴韻》反切下字「譅」與「譖」韻類相同，「譅」、「禁」系聯爲兩類。《王三》「禁」與「譖」類字系聯爲一類。兩書中「譅」、「禁」系聯情況不同，它們讀音有差別。《廣韻》「譅」與「譖」、「禁」可以系聯爲一類。《裴韻》讀音有別。

6.1.1.3 《裴韻》與諸本韻書反切下字韻部不同

1、旨韻 1 例

《裴韻》:「履,力己反。」《切三》、《王一》、《王三》、《廣韻》的切語同:「履,力几反。」《裴韻》小韻「履」的反切下字「己」,居似反,是止韻字,《切三》、《王一》、《王三》、《廣韻》「履」小韻的反切下字「幾,居履反」,是旨韻字,「己」、「幾」不同韻,其讀音不同,被切字讀音也不同。

2、至韻 2 例

《裴韻》:「鼻,毗志反。」《王一》、《王三》:「鼻,毗四反。」《廣韻》:「鼻,毗至切。」在《裴韻》中「鼻」小韻的反切下字是「志」,「志」是之韻的去聲志韻字。《王一》、《王三》的反切下字「四」,和《廣韻》的反切下字「至」同爲一類,是脂韻的去聲至韻字,二字不同韻,讀音不同。

《裴韻》:「肄,羊志反。」《王一》、《王三》《廣韻》:「肄,羊至反。」

《裴韻》「肄」小韻的反切下字也表現出「志」、「至」兩韻混用的迹象。

3、志韻 1 例

《裴韻》:「忌,其既反。」《王一》、《王三》、《廣韻》:「忌,渠記反。」

《裴韻》:「意,於既反。」《王一》、《王三》、《廣韻》:「意,於記反。」

《裴韻》反切下字「既,居未反」,是未韻字,被用作志韻字的反切下字,共有 2 例,如上。說明《裴韻》存在志、未混用的情況。《王一》、《王三》、《廣韻》在這兩個小韻中的反切下字是「記」,「居吏反」,是志韻字。

4、尾韻 1 例

《裴韻》:「豈,氣里反。」《切三》、《王一》、《王三》:「豈,氣狶反。」《廣韻》:「豈,祛狶反。」

《裴韻》豈小韻的反切下字「里,良士反」,是止韻字;《切三》、《王一》、《王三》、《廣韻》的切下字「狶」是尾韻字,這裡可見《裴韻》有止、尾兩韻字混用的情況。

5、支韻 4 例

《裴韻》:「蠆,醜界反。」《王三》:「蠆,醜芥反。」《唐韻》:「蠆,醜介反。」《廣韻》:「蠆,醜犗切。」

《裴韻》:「删，所界反。」《王三》:「删，所芥反。」《廣韻》:「删，所犗切。」

《裴韻》:「講，火界反。」《王三》:「講，火芥反。」《唐韻》:「講，火介反。」

《廣韻》:「講，火犗反。」

《裴韻》:「喝，於界反。」《王三》、《唐韻》:「喝，於芥反。」《廣韻》:「喝，於犗切。」

以上四組小韻，《裴韻》的反切下字爲「界」，和《唐韻》所用「介」字都屬怪（界）韻。《王三》的反切下字用「芥」，與《廣韻》同，屬夬韻，《裴韻》有界、夬兩韻混用現象，與《王三》《廣韻》不同。

6、震韻 2 例

《裴韻》:「嫩，魚靳反。」《王一》、《王三》、《廣韻》:「嫩，魚覲反。」

這兩個小韻中的被切字是真韻的去聲震韻字，《裴韻》反切下字「靳」是斤韻的去聲靳（焮）韻字，《裴韻》有震、靳混用的痕迹。《王一》、《王三》、《廣韻》此小韻的反切下字是震韻字。

《裴韻》:「韻，永燼反。」《王一》、《王三》:「韻，爲捃反。」

《裴韻》小韻的反切下字「燼，疾忍反」，屬震韻;《王一》、《王三》反切下字「捃」在震、問二韻重出，見於《王三》震韻「擯，古音居韻反，今音居運反。拾，或作捃。」又見於問韻:「捃，居運反，拾，亦作擯。」《廣韻》「韻」、「捃」都歸在「問」韻。「擯」字《王一》、《王三》都是震、問兩韻重出，而《裴韻》「捃」歸問韻，「韻」歸震韻，《裴韻》未存「擯」字的古音。《裴韻》的「韻，永燼反」，和《王三》「韻，爲捃反」存在古音和今音之別，《裴韻》的「韻」、「捃」反映的應當是時音，保留了古音。

7、更韻 1 例

《裴韻》:「命，眉姎反。」《王三》:「命，眉映反。」《唐韻》、《廣韻》反切爲「眉病」，映、病可以系聯。「姎，烏朗反」，在《裴韻》、《王三》、《廣韻》都是蕩韻字，「映」是更韻字，這裡是更、蕩二韻混用的痕迹。

8、蒸韻 1 例

《裴韻》:「陵，力膺反。」反切與《切三》、《廣韻》相同。《王三》:「陵，

六應反。」《裴韻》的切下字「膺，於陵反」，屬平聲韻，《王三》「應，於證反」，是去聲字，《王三》用去聲字「應」作平聲字「陵」的反切下字。兩書反切反映了字音差異。

9、嚴韻1例

上聲廣韻

《裴韻》：「广，魚儉反。」《王一》、《王三》：「广，虞埯反。」《廣韻》：「魚掩切。」

《裴韻》：「險，虛广反。」《王一》、《王三》：「險，希埯反。」

《裴韻》：「埯，安敢反。」在淡韻。「广」、「險」、「儉」在「广」韻。

《王一》、《王三》、《廣韻》：「埯，虞广反。」「广」、「險」和「埯」都在「广」韻。

《裴韻》「埯」讀音與《王一》、《王三》、《廣韻》不同。

6.1.1.4 《裴韻》與諸本韻書反切下字開、合口不同

1、旨韻2例

《裴韻》：「癸，居履反。」「履，力己反。」《切三》、《王一》、《王三》、《廣韻》：「癸，居誄反。」「誄，力軌反。」

《裴韻》反切下字「履」是開口字，《切三》、《王一》、《王三》、《廣韻》「癸」小韻切下字「誄」是合口字，它們讀音不同。《裴韻》反切讀音不同。

《裴韻》：「軌，居美反。」《切三》、《王一》、《王三》、《廣韻》：「軌，居洧反。」

《裴韻》小韻的反切下字「美」是開口字，《切三》、《王一》、《王三》、《廣韻》小韻的切下字「洧」是合口字，它們的讀音不同，被切字讀音也不相同。

2、軫韻1例

《裴韻》：「筍，思忍反。」《切一》、《切三》、《王一》、《王三》：「筍，思尹反。」

反切下字「忍」和「尹」都是軫韻字，開、合口不同。在《裴韻》和《王三》中皆分別系聯爲兩個韻類。《裴韻》此處爲開合口字混用。

3、寒韻去聲翰韻 2 例

《裴韻》：「炭，他旦反。」與《廣韻》同，《王一》、《王三》：「炭，他半反。」
《唐韻》：「炭，他案反。」

《裴韻》：「漢，呼旦反。」《王一》、《王三》：「漢，呼半反。」《唐韻》、《廣韻》「漢，呼旰反。」

反切下字「旦」、「案」、「旰」和「半」系聯爲兩個韻類，「旦」和「案」、「旰」是開口字，「半」是合口字。《裴韻》和《唐韻》、《廣韻》音同。《王一》、《王三》讀爲合口，音同。

6.1.1.5　可能是切語誤寫的

遇攝

1、語韻

《裴韻》：「女，居寧反。」《王三》：「女，尼與反。」
可能是誤寫。

《裴韻》與《切一》、《切三》、《王一》、《王三》、《唐韻》、《廣韻》等《切韻》系諸本韻書的反切相比較，反切下字不同且韻類不同的切語，涉及 31 個韻部，37 個反切下字，反映其獨有的實際語音現象：1、《裴韻》本書反切下字東鍾、鍾腫、絳用、講蕩、鹽添韻相混用；2、《裴韻》與諸本韻書 15 個字「況、婢、紀、衛、必、弼、餩、窀、選、說、昪、發、虢、彳、譖」及其反切下字系聯情況與《切韻》系諸本韻書系聯的韻類有別；3、《裴韻》與諸本韻書反切下字韻部不同，反映出旨止、志至、止尾、震靳、震問、更蕩、廣淡混用，二等重韻界支合併的趨勢；4、癸、軌、筍、炭、漢等字有開、合口混用迹象。

6.1.2　《裴韻》和《王三》反切下字相同的小韻反切

通攝：

1、東韻

平聲東韻 32 例，

彭，薄功反。蒙，莫紅反。東，德紅反。通，他紅反。同，徒紅反。

籠，盧紅反。葼，子紅反。怱，倉紅反。叢，徂紅反。檧，蘇公反。

公，古紅反。空，苦紅反。洪，胡籠反。翁，烏紅反。風，方隆反。
豐，敷隆反。馮，扶隆反。蕾，莫中反。隆，力中反。中，陟隆反。
忡，勑中反。蟲，直隆反。嵩，息隆反。崇，鋤隆反。終，職隆反。
充，處隆反。戎，如隆反。弓，居隆反。穹，去隆反。窮，渠隆反。
雄，羽隆反。融，餘隆反。

上聲董韻 11 例

琫，方孔反。菶，蒲蠓反。蠓，莫孔反。董，多動反。侗，他孔反。
繷，奴動反。惣，作孔反。鮬，先惣反。孔，康董反。澒，胡孔反。
蓊，阿孔反。

去聲凍韻 24 例

凍，多貢反。痛，他弄反。洞，徒弄反。齈，奴凍反。弄，盧貢反。
糉，作弄反。認，千弄反。送，蘇弄反。貢，古送反。控，苦貢反。
哄，胡貢反。甕，烏貢反。諷，方鳳反。賵，憮鳳反。鳳，馮貢反。
夢，莫諷反。中，陟仲反。仲，直眾反。趙，千仲反。剼，仕仲反。
眾，之仲反。銃，充仲反。熷，去諷反。趥，香仲反。

入聲屋韻 41 例

卜，博木反。扑，普木反。曝，蒲木反。木，莫卜反。穀，丁木反。
禿，他谷反。獨，徒谷反。祿，盧谷反。鏃，作木反。瘯，千木反。
族，昨木反。速，送谷反。穀，古鹿反。哭，空谷反。殼，呼木反。
穀，胡谷反。屋，烏谷反。福，方六反。蝮，芳伏反。伏，房六反。
目，莫六反。六，力竹反。竹，陟六反。稸，丑六反。逐，直六反。
朒，女六反。蹙，子六反。鼀，取育反。肅，息逐反。珿，初六反。
縮，所六反。粥，之六反。俶，昌六反。叔，式六反。肉，如育反。
菊，舉六反。麴，丘竹反。蓄，許六反。囿，于目反。郁，於六反。
育，與逐反。

2、冬韻

平聲冬韻 9 例

酆，敷隆反。冬，都宗反。彤，徒冬反。農，奴冬反。譻，力宗反。
宗，作琮反。賨，在宗反。攻，古冬反。碹，戶冬反。

去聲宋韻 3 例

統他宋反。綜子宋反。宋蘇統反。

入聲沃韻 12 例

僕，蒲沃反。瑁，莫沃反。篤，多毒反。毒，徒沃反。褥，內沃反。
傶，將篤反。洬，先篤反。梏，古沃反。酷，苦沃反。熇，火酷反。
鵠，胡沃反。沃，烏酷反。

3、鍾韻

平聲鍾韻 23 例

封，府容反。峯，敷容反。逢，符容反。龍，力鍾反。蹱，丑凶反。
鋡，丑夋反。重，**直容反**。醲，女容反。蠪，即容反。樅，七恭反。
從，疾容反。蜙，先恭反。松，詳容反。鍾，職容反。衝，尺容反。
舂，書容反。鱅，蜀容反。茸，而容反。恭，駒夋反。蛩，渠容反。
顒，魚容反。凶，許容反。邕，於容反。容，餘封反。

上聲腫韻 19 例

鶏，莫奉反。覂，方奉反。捧，敷隴反。奉，扶隴反。隴，力奉反。
冢，知壠反。寵，丑隴反。重，**直隴反**。縱，子冢反。悀，且勇反。
悚，息拱反。腫，之隴反。歱，充隴反。尰，時宂反。宂，而隴反。
拱，居悚反。恐，墟隴反。擁，於隴反。勇，餘隴反。

去聲種韻 13 例

葑，方用	俸，房用	曨，良用	湩，竹用	重，治用	縱，子用
頌，似用	種，之用	韗，而用	供，居用	共，渠用	雍，於用
用，余共					

入聲燭韻 20 例

輂，封曲反。幞，房玉反。錄，力玉反。瘃，陟玉反。楝，丑錄反。
躅，**直錄反**。足，即玉反。促，七玉反。粟，相玉反。續，似玉反。
燭，之欲反。束，書蜀反。蜀，市玉反。辱，而蜀反。輂，居玉反。
曲，起玉反。局，渠玉反。玉，語欲反。旭，許玉反。欲，余蜀反。

江攝

平聲江韻 15 例

邦，博江反。胮，匹江反。龐，薄江反。厖，莫江反。椿，都江反。瀧，呂江反。惷，丑江反。幢，宅江反。瞜，女江反。瀧，楚江反。雙，所江反。江，古雙反。腔，苦江反。肛，許江反。栙，下江反。

上聲講韻 4 例

棒，步項反。倰，莫項反。講，古項反。項，胡講反。

去聲絳韻 6 例

肨，匹降反。戇，丁降反。幢，直降反。漴，士降反。絳，古巷反。巷，胡降反。

入聲覺韻 19 例

剝，北角反。璞，匹角反。雹，蒲角反。邈，摸角反。斵，丁角反。犖，呂角反。逴，敕角反。濁，直角反。搦，女角反。捉，側角反。娖，測角反。浞，士角反。朔，所角反。覺，古岳反。殼，苦角反。嶽，五角反。吒，許角反。學，戶角反。握，於角反。

宕攝

1、陽韻

平聲陽韻 30 例

方，府良反。芳，敷方反。房，符方反。亡，武方反。良，呂張反。張，陟良反。長，直良反。孃，女良反。將，即良反。鏘，七良反。牆，疾良反。襄，息良反。詳，似羊反。莊，側羊反。瘡，楚良反。牀，士莊反。霜，所良反。章，諸良反。昌，處良反。商，書羊反。常，時羊反。薑，居良反。羌，去良反。強，巨良反。香，許良反。央，於良反。陽，与章反。匡，去王反。狂，渠王反。王，雨方反。

上聲 25 例

昉，方兩反。髣，芳兩反。网，文兩反。兩，良奬反。長，丁丈反。昶，敕兩反。丈，直兩反。奬，即兩反。想，自兩反。像，詳兩反。磢，測兩反。爽，疎兩反。掌，職兩反。賞，識兩反。上，時掌反。

壤，如兩反。繦，居兩反。勥，其兩反。仰，魚兩反。響，許兩反。
鞅，於兩反。養，餘兩反。霽，渠往反。怳，許昉反。往，王兩反。

去聲 22 例

放，府妄反。妄，武放反。亮，力讓反。帳，陟亮反。悵，丑亮反。
仗，直亮反。釀，女亮反。醬，即亮反。匠，疾亮反。相，息亮反。
壯，側亮反。創，初亮反。狀，鋤亮反。障，之亮反。唱，昌亮反。
餉，式亮反。尚，常亮反。彊，其亮反。軵，語向反。向，許亮反。
怏，於亮反。樣，餘亮反。

入聲藥韻 22 例

縛，符玃反。略，離灼反。著，張略反。奊，丑略反。著，張略反。
爵，即略反。皵，七雀反。斮，側略反。綽，處灼反。妁，市若反。
若，而灼反。腳，居灼反。卻，去約反。噱，其虐反。虐，魚約反。
謔，虛約反。約，於略反。藥，以灼反。玃，居縛反。矆，許縛反。
籰，王縛反。嬳，憂縛反。

2、唐韻

平聲唐韻 19 例

滂，普郎反。傍，步光反。茫，莫郎反。當，都郎反。湯，吐郎反。
唐，徒郎反。囊，奴當反。臧，則郎反。藏，昨郎反。桑，息郎反。
剛，古郎反。炕，呼郎反。航，胡郎反。鴦，烏郎反。光，古皇反。
髋，苦光反。荒，呼光反。黃，胡光反。汪，烏光反。

上聲蕩韻 18 例

榜，博朗反。髈，普朗反。莽，莫朗反。黨，德朗反。曭，他朗反。
蕩，堂朗反。曩，奴朗反。朗，盧黨反。駔，子朗反。奘，在朗反。
穎，蘇朗反。魧，各朗反。慷，苦朗反。沆，胡朗反。坱，烏朗反。
廣，古晃反。慌，虎晃反。晃，胡廣反。

去聲 8 例

徬，蒲浪反。讜，丁浪反。倘，他浪反。宕，杜浪反。儾，奴浪反。
浪，郎宕反。藏，徂浪反。喪，蘇浪反。

入聲 27 例

傍，蒲浪反。讜，丁浪反。倘，他浪反。宕，杜浪反。儾，奴浪反。
浪，郎宕反。藏，徂浪反。喪，蘇浪反。博，補各反。頞，叵各反。
泊，傍各反。莫，暮各反。託，他各反。諾，奴各反。落，盧各反。
錯，倉各反。昨，在各反。索，蘇各反。各，古落反。恪，苦各反。
愕，五各反。矐，呵各反。涸，下各反。惡，烏各反。攉，虎郭反。
穫，胡郭反。膗，烏郭反。

止攝

1、支韻

平聲支韻 48 例

卑，必移反。彌，武移反。離，呂移反。知，陟移反。樆，丑知反。
馳，直知反。貲，即移反。雌，七移反。疵，疾移反。斯，息移反。
差，楚宜反。釃，所宜反。支，章移反。眵，叱支反。絁，式支反。
提，是支反。兒，汝移反。衹，巨支反。訵，香支反。陂，彼為反。
鈹，敷羈反。皮，符羈反。糜，靡為反。羈，居宜反。餃，去奇反。
奇，渠羈反。宜，魚羈反。犧，許羈反。漪，於離反。羸，力為反。
腄，竹垂反。鬌，直垂反。厜，姊規反。劑，觜隨反。眭，息為反。
隨，旬為反。衰，楚危反。鬌，山垂反。吹，昌為反。垂，是為反。
槻，居隨反。闚，去隨反。嬀，居為反。虧，去為反。危，魚為反。
麾，許為反。為，薳支反。逶，於為反。

上聲紙韻 43 例

俾，卑婢反。諀，匹婢反。渳，民婢反。邐，力氏反。撔，陟侈反。
褫，勑豸反。豸，池尒反。狔，女氏反。此，雌氏反。徙，斯氏反。
批，側氏反。躧，所綺反。紙，諸氏反。舐，食紙反。是，丞紙反。
爾，兒氏反。酏，移尒反。破，匹靡反。被，皮彼反。靡，文彼反。
掎，居綺反。綺，墟彼反。技，渠綺反。蟻，魚倚反。䅳，興倚反。
倚，於綺反。累，力委反。紫，即委反。惢，才捶反。髓，息委反。
猗，隨婢反。揣，初委反。捶，之累反。蘂，而髓反。跬，去弭反。
茷，羊捶反。詭，居委反。跪，去委反。趹，求累反。硊，魚毀反。
毀，許委反。蔿，為委反。委，於詭反。

去，聲寘韻 35 例

臂，卑義反。譬，匹義反。避，婢義反。�，力智反。智，知義反。

積，紫智反。刺，此鼓反。漬，在智反。賜，斯義反。屣，所寄反。

寊，支義反。翅，施智反。鼓，是義反。企，去智反。縊，於賜反。

易，以鼓反。賁，彼義反。帔，披義反。髲，皮義反。寄，居義反。

芰，奇寄反。議，宜寄反。戲，羲義反。倚，於義反。累，羸偽反。

惴，之睡反。吹，尺偽反。睡，是偽反。栭，而睡反。觖，窺瑞反。

恚，於避反。贇，詭偽反。僞，危賜反。爲，榮偽反。餧，於偽反。

2、脂韻

平聲脂韻 38 例

紕，匹夷反。毗，房脂反。胝，丁私反。梨，力脂反。絺，丑脂反。

墀，直尼反。尼，女脂反。郪，次私反。茨，疾脂反。私，息脂反。

師，疎脂反。脂，旨夷反。鴟，處脂反。尸，式脂反。伊，於脂反。

姨，以脂反。悲，府眉反。丕，敷悲反。邳，符悲反。眉，武悲反。

飢，居脂反。鬐，渠脂反。狋，牛肌反。灅，力追反。追，陟佳反。

鎚，直追反。綏，息遺反。衰，所追反。推，尺佳反。誰，視佳反。

蕤，儒佳反。葵，渠佳反。倠，許維反。惟，以佳反。龜，居追反。

巋，丘追反。逵，渠追反。帷，洧悲反。

《裴韻》:「狋，牛肌反。」《王三》:「狋，牛肌反。」「肌」和「肌」是異
體字，反切讀音相同。

上聲旨韻 26 例

匕，卑履反。牝，膚履反。濔，胝几反。雉，直几反。柅，女履反。

姊，將几反。死，息姊反。兕，徐姊反。旨，職雉反。矢，式視反。

視，承旨反。鄙，八美反。嚭，匹鄙反。否，符鄙反。美，無鄙反。

几，居履反。跽，暨几反。狋，於几反。壘，力軌反。濢，遵誄反。

趡，千水反。嶉，但壘反。水，式軌反。揆，葵癸反。瞔，許癸反。

唯，以水反。洧，榮美反。

去聲至韻 50 例

痹，必至反。屁，匹鼻反。寐，密二反。地，徒四反。利，力至反。

致，陟利反。屎，丑利反。緻，直利反。膩，女利反。恣，資四反。
次，七四反。自，疾二反。四，息利反。至，旨利反。示，神至反。
屍，矢利反。嗜，常利反。二，而至反。弃，詰利反。祕，鄙媚反。
郿，美祕反。冀，几利反。器，去冀反。臮，其器反。劓，魚器反。
齂，許器反。痹，必至反。屁，匹鼻反。懿，乙利反。類，力遂反。
轛，追頹反。墜，直類反。醉，將遂反。翠，七醉反。萃，疾醉反。
邃，雖遂反。遂，徐醉反。帥，所類反。出，尺類反。季，癸悸反。
悸，其季反。瞷，許鼻反。卹，火季反。遺，以醉反。媿，軌位反。
喟，丘愧反。匱，逵位反。豷，許位反。濞，匹俻反。位，洧冀反。

《裴韻》：「濞，匹俻反。」《王三》：「濞，匹備反。」反切下字「俻」和「備」是異體字，讀音相同。

《裴韻》：「位，洧冀反。」《王三》：「位，洧冀反。」反切下字「冀」和「冀」是異體字，讀音相同。

3、之韻

平聲之韻8例

思，息茲反。之，止而反。詩，書之反。時，市之反。而，如之反。
其，渠之反。疑，語基反。飴，与之反。

上聲止韻22例

里，良士反。徵，陟里反。恥，勅里反。峙，直里反。子，即里反。
枲，胥里反。似，詳里反。滓，側李反。䬠，初紀反。士，鋤里反。
史，疎士反。止，諸市反。齒，昌里反。始，詩止反。市，時止反。
耳，而止反。起，墟里反。擬，魚紀反。喜，虛里反。矣，於紀反。
譩，於擬反。以，羊止反。

去聲志韻22例

吏，力置反。置，陟吏反。眙，丑吏反。值，直吏反。蟅，七吏反。
字，疾置反。笥，相吏反。寺，辭吏反。裁，側吏反。廁，初吏反。
事，鋤吏反。駛，所吏反。志，之吏反。熾，尺志反。試，式吏反。
侍，時吏反。餌，仍吏反。記，居吏反。亟，去吏反。魏，魚記反。
憙，許記反。異，餘吏反。

4、微韻

平聲微韻 1 例

微，無非反。

上聲尾韻 9 例

匪，非尾反。斐，妃尾反。膹，浮鬼反。尾，無匪反。顗，魚豈反。

狶，虛豈反。辰，於豈反。鬼，居葦反。虺，韋鬼反。魂，於鬼反。

去聲未韻 13 例

沸，符謂反。屭，扶沸反。未，無沸反。既，居未反。氣，去既反。

毅，魚既反。欷，許既反。衣，於既反。貴，居謂反。緊，丘畏反。

魏，魚貴反。諱，許貴反。謂，云貴反。

遇攝

1、魚韻

平聲 1 例

魚，語居反。

上聲語韻 22 例

貯，丁呂反。呂，力舉反。楮，丑呂反。佇，除呂反。苴，子与反。

眠，七与反。咀，茲呂反。諝，私呂反。阻，側呂反。楚，初舉反。

齟，鋤呂反。所，踈舉反。煮，諸与反。杵，昌与反。紵，神与反。

暑，舒莒反。墅，時与反。汝，如与反。舉，居許反。巨，其呂反。

語，魚舉反。掜，於許反。

去聲御韻 19 例

慮，力據反。著，張慮反。筯，治據反。女，乃據反。怚，子據反。

覰，七慮反。絮，息據反。詛，側據反。助，鋤據反。疏，所據反。

翥，之據反。恕，式據反。洳，而據反。據，居御反。欨，卻據反。

遽，渠據反。御，魚據反。飫，於據反。豫，余據反。

2、虞韻

平聲虞韻 1 例

虞，語俱反。

上聲麌韻 21 例

甫，方主反。撫，敷武反。武，無主反。縷，力主反。黜，知主反。
柱，直主反。取，七庾反。聚，慈庾反。糈，思主反。數，所矩反。
主，之庾反。豎，殊主反。乳，而主反。矩，俱羽反。麌，驅主反。
窶，其矩反。麌，虞矩反。詡，況羽反。羽，于矩反。傴，於武反。
庾，以主反。

去聲遇韻 24 例

付，府遇反。赴，撫遇反。附，符遇反。務，武遇反。屨，李遇反。
註，中句反。住，持遇反。緅，子句反。娶，七句反。堅，才句反。
菆，芻注反。數，色句反。注，之戍反。戍，傷遇反。樹，殊遇反。
孺，而遇反。屨，俱遇反。驅，主遇反。懼，其遇反。遇，虞樹反。
煦，香句反。芋，羽遇反。嫗，紆遇反。裕，羊孺反。

3、模韻

平聲模韻 1 例

模，莫胡反。

上聲姥韻 16 例

普，滂古反。簿，裴古反。姥，莫補反。覩，當古反。土，他古反。
杜，徒古反。怒，奴古反。魯，郎古反。祖，側古反。麤，采古反。
粗，似古反。古，姑戶反。五，吾古反。虎，呼古反。戶，胡古反。
塢，烏古反。

去聲暮韻 17 例

布，博故反。怖，普故反。捕，薄故反。暮，莫故反。妬，當故反。
兔，湯故反。渡，徒故反。笯，乃故反。路，洛故反。厝，倉故反。
祚，昨故反。訴，蘇故反。顧，古暮反。袴，苦故反。誤，五故反。
護，胡故反。污，烏故反。

蟹攝

1、齊韻

平聲齊韻 1 例

齊，徂嵇反。

上聲薺韻 15 例

軧，補米反。陛，傍礼反。米，莫礼反。邸，都礼反。體，他礼反。

弟，徒礼反。禰，乃礼反。禮，盧啓反。濟，子礼反。泚，千礼反。

薺，徐礼反。洗，先礼反。啓，康礼反。傒，胡礼反。吟，一弟反。

去聲霽韻 19 例

閉，博計反。薜，薄計反。謎，莫計反。帝，都計反。替，他計反。

第，特計反。泥，奴細反。麗，魯帝反。霽，子計反。砌，七計反。

細，蘇計反。計，古脂反。契，苦計反。詣，五計反。薂，胡計反。

翳，於計反。桂，古惠反。嚖，虎惠反。慧，胡桂反。

2、去聲祭韻 28 例

蔽，必袂反。弊，毗祭反。袂，弥獘反。瘈，竹例反。滯，直例反。

祭，子例反。㡧，所例反。制，職例反。掣，尺制反。世，舒制反。

逝，時制反。藝，魚祭反。曳，餘制反。憩，去例反。偈，其憩反。

劂，義例反。緆，於罽反。綴，陟衛反。蕝，子芮反。毳，此芮反。

歲，相芮反。篲，囚歲反。纍，楚歲反。啐，山芮反。贅，之芮反。

稅，舒芮反。啜，市芮反。芮，而銳反。銳，以芮反。劌，居衛反。

3、去聲泰韻 25 例

泰，他蓋反。貝，博蓋反。霈，普蓋反。帶，都蓋反。大，徒蓋反。

榛，奴帶反。賴，落蓋反。蔡，七蓋反。磕，苦蓋反。艾，五蓋反。

餀，海蓋反。害，胡蓋反。藹，於蓋反。祋，丁外反。娧，他外反。

兌，杜會反。酹，郎外反。最，作會反。蕞，在外反。儈，古兌反。

稽，苦會反。外，吾會反。譮，虎外反。會，黃帶反。懀，烏外反。

4、皆韻

平聲皆韻 1 例

皆，古諧反。

上聲駭韻 5 例

鍇，古駭反。楷，苦駭反。騃，五駭反。駭，乎楷反。挨，於駭反。

去聲界韻 13 例

壞，胡恠反。拜，博怪反。湃，普拜反。憊，蒲界反。韎，莫拜反。

褹，女界反。瘵，側界反。界，古拜反。炫，客界反。聘，五界反。
械，戶界反。噫，烏界反。聵，五拜反。

《裴韻》：「壞，胡恠反。」《王三》：「壞，胡怪反。」

反切下字「恠、怪」是異體字。

5、夬韻 9 例

敗，薄邁反。邁，苦話反。芥，古邁反。夬，古邁反。話，下快反。
嘬，楚夬反。快，苦夬反。咶，火夬反。黮，烏夬反。

《裴韻》：「嘬，楚夬反。」《王三》：「嘬，楚夬反。」

《裴韻》：「快，苦夬反。」《王三》：「快，苦夬反。」

《裴韻》：「咶，火夬反。」《王三》：「咶，火夬反。」

《裴韻》：「黮，烏夬反。」《王三》：「黮，烏夬反。」

以上四組小韻，《裴韻》反切下字寫作「夬」，《王三》寫作「夬」，「夬」、
「夬」為異體字。

6、廢韻 7 例

廢，方肺反。肺，芳廢反。吠，符廢反。犕，丘吠反。鞏，巨穢反。
喙，許穢反。穢，於肺反。

7、灰韻

平聲灰韻 1 例

灰，呼恢反。

上聲賄韻 16 例

琲，蒲罪反。浼，武罪反。腿，都罪反。餒，吐猥反。鐓，徒猥反。
鮾，奴罪反。磊，落猥反。欀，子罪反。皠，七罪反。罪，徂賄反。
脩，羽罪反。頠，口猥反。頋，五罪反。賄，呼猥反。瘣，胡罪反。
猥，烏賄反。

去聲誨韻 16 例

背，補配反。配，普佩反。佩，薄背反。妹，莫佩反。對，都佩反。
隊，徒對反。內，奴對反。纇，盧對反。晬，子對反。倅，七碎反。
碎，蘇對反。憒，古對反。塊，苦對反。誨，荒佩反。潰，胡對反。
隗，烏績反。

8、臺韻

上聲待韻 11 例

啡，匹愷反。俖，普乃反。倍，薄亥反。穤，莫亥反。等，多改反。

待，徒亥反。乃，奴亥反。採，七宰反。改，古亥反。亥，胡改反。

欸，於改反。

去聲代韻 15 例

穤，莫代反。戴，都代反。貸，他代反。代，徒戴反。耐，乃代反。

賚，洛代反。載，作代反。菜，倉代反。載，在代反。賽，先代反。

溉，古礙反。慨，苦愛反。礙，五愛反。瀣，胡愛反。愛，烏代反。

臻攝

1、眞韻

平聲眞韻 1 例

《裴韻》：「真，職隣反。」《王三》：「真，職鄰反。」

兩個小韻的反切下字「隣」、「鄰」是異體字，音義相同。

上聲軫韻 20 例

牝，毗忍反。泯，武盡反。僯，力軫反。畛，勅忍反。槿，子忍反。

笉，千忍反。軫，之忍反。矧，式忍反。腎，時忍反。緊，居忍反。

愍，眉殞反。耣，力尹反。准，之尹反。蠢，尺尹反。盾，食尹反。

賰，式尹反。輇，而尹反。尹，余准反。窘，渠殞反。殞，于閔反。

去聲震韻 23 例

儐，必刃反。衵，撫刃反。鎭，陟刃反。疢，丑刃反。陣，直刃反。

晉，即刃反。信，息晉反。賮，疾刃反。震，職刃反。眒，式刃反。

慎，是刃反。靳，去刃反。印，於刃反。胤，与晉反。僅，渠遴反。

蓋，許覲反。儁，子峻反。峻，私閏反。殉，辝閏反。稕，之閏反。

順，脣閏反。舜，舒閏反。閏，如舜反。

入聲質韻 39 例

匹，譬吉反。邲，毗必反。蜜，民必反。栗，力質反。窒，陟栗反。

抶，丑栗反。秩，直質反。暱，尼質反。堲，資悉反。疾，秦悉反。

悉，息七反。厀，初栗反。質，之日反。實，神質反。失，識質反。

日，人質反。吉，居質反。詰，去吉反。姞，巨乙反。故，許吉反。
逸，夷質反。筆，鄙密反。密，美筆反。耴，魚乙反。肸，許乙反。
乙，於筆反。律，呂邺反。怵，竹律反。黜，丑律反。朮，直律反。
卒，子聿反。焌，千恤反。崒，聚邺反。術，食聿反。橘，居蜜反。
趫，其聿反。颰，許聿反。聿，餘律反。颰，于筆反。

2、臻韻

平聲臻韻 1 例

臻，側詵反。

入聲櫛韻 2 例

瑟，所櫛反。櫛，阻瑟反。

3、文韻

平聲文韻 1 例

文，武分反。

上聲吻韻 6 例

粉，方吻反。忿，敷粉反。憤，房吻反。吻，武粉反。齳，戶吻反。
惲，於粉反。

去聲問韻 9 例

糞，府問反。湓，紛問反。分，扶問反。問，無運反。攟，居運反。
郡，渠運反。訓，許運反。運，云問反。醖，於問反。

入聲物韻 10 例

弗，分勿反。拂，敷物反。佛，符弗反。物，無佛反。亥，九勿反。
屈，區物反。颰，許物反。颰，王物反。鬱，紆勿反。

4、斤韻

上聲謹韻 1 例

謹，於隱反。

去聲靳韻 4 例

靳，居焮反。近，巨靳反。焮，許靳反。傿，於靳反。

入聲訖韻 6 例

訖，居乞反。乞，去訖反。赺，其迄反。疙，魚迄反。迄，許訖反。
圪，于乞反。

5、登韻

平聲登韻 1 例

登，都滕反。

上聲等韻 1 例

等，多肯反。

去聲嶝韻 7 例

㨃，方鄧反。倗，父鄧反。懵，武亙反。嶝，都鄧反。鄧，徒亙反。
僜，魯鄧反。蹭，七贈反。

入聲德韻 13 例

北，博墨反。菔，傍北反。墨，莫北反。德，多則反。忒，他則反。
特，徒德反。勒，盧德反。賊，昨則反。塞，蘇則反。刻，苦德反。
黑，呼德反。國，古或反。或，胡國反。

6、寒韻

平聲寒韻 1 例

寒，戶安反。

上聲旱韻 1 例

旱，胡滿反。

去聲翰韻 25 例

半，博漫反。判，普半反。叛，薄半反。縵，莫半反。憚，徒旦反。
爛，盧旦反。粲，倉旦反。贊，徂粲反。繖，蘇旦反。旰，古旦反。
侃，苦旦反。岸，五旦反。翰，胡旦反。按，烏旦反。鍛，都亂反。
彖，他亂反。段，徒玩反。偄，乃亂反。亂，洛段反。欑，子筭反。
筭，蘇段反。貫，古段反。玩，五段反。換，胡段反。薍，烏段

入聲褐韻 25 例

撥，博末反。跋，蒲撥反。怛，當割反。闥，他達反。達，陁割反。

姅，奴曷反。剌，盧達反。鬙，子末反。攃，七曷反。躠，桑割反。

葛，古達反。渴，苦割反。辥，五割反。顝，許葛反。褐，胡葛反。

掇，多括反。奪，徒活反。捋，盧活反。繓，子括反。括，古活反。

闊，苦括反。栝，五活反。豁，呼括反。活，戶括反。斡，烏活反。

7、魂韻

平聲魂韻 1 例

魂，戶昆反。

上聲混韻 1 例

混，胡本反。

去聲慁韻 14 例

噴，普悶反。坌，盆悶反。悶，莫困反。頓，都困反。鈍，徒困反。

嫩，奴困反。寸，七困反。鐏，存困反。巽，蘇困反。睔，古鈍反。

困，苦悶反。顐，五困反。慁，胡困反。搵，烏困反。

8、痕韻

平聲痕韻 1 例

《裴韻》：「痕，戶恩反。」《王三》：「痕，戶恩反。」

反切下字「恩」、「恩」為異體字。兩個小韻反切用字相同，讀音相同。

上聲佷韻 1 例

佷，痕墾反。

去聲恨韻 3 例

艮，古恨反。饐，五恨反。恨，戶艮反。

入聲沒韻 16 例

紇，下沒反。鵓，普沒反。勃，蒲沒反。沒，莫勃反。咄，當沒反。

宊，他骨反。㝏，陁忽反。馞，勒沒反。卒，則沒反。猝，麁沒反。

捽，昨沒反。骨，古忽反。窟，苦骨反。兀，五忽反。忽，呼骨反。

頒，烏沒反。

山攝

1、先韻

上聲銑韻 1 例

銑，蘇典反。

去聲霰韻 19 例

遍，博見反。片，普見反。麵，莫見反。瑱，天見反。電，堂見反。
晛，奴見反。練，洛見反。薦，作見反。蒨，千見反。薦，在見反。
霰，蘇見反。見，堅電反。倪，苦見反。硯，五見反。現，戶見反。
宴，烏見反。睊，古縣反。絢，許縣反。餇，烏縣反。

入聲屑韻 24 例

縐，方結反。撇，普篾反。蹩，蒲結反。蔑，莫結反。窒，丁結反。
鐵，他結反。姪，徒結反。涅，奴結反。臬，練結反。節，子結反。
切，千結反。截，昨結反。屑，先結反。結，古屑反。契，苦結反。
齧，五結反。頁，虎結反。纈，胡結反。噎，烏結反。玦，古穴反。
闋，苦穴反。血，呼決反。穴，胡玦反。抉，於穴反。

2、仙韻

上聲獮韻 1 例

獮，息淺反。

去聲線韻 31 例

騗，匹扇反。輾，女箭反。騬，陟彥反。箭，子賤反。賤，在線反。
線，私箭反。戰，之膳反。碾，尺戰反。扇，式戰反。繕，市戰反。
譴，遣戰反。變，彼眷反。卞，皮變反。彥，魚變反。躽，於扇反。
戀，力卷反。囀，知戀反。猭，丑戀反。傳，直戀反。線，七選反。
淀，辝選反。饌，士變反。篡，所眷反。釧，尺絹反。挿，豎釧反。
瓀，人絹反。絹，古掾反。掾，以絹反。眷，居倦反。倦，渠卷反。
瑗，王眷反。

入聲薛韻 41 例

鷩，並列反。暼，芳滅反。滅，亡列反。列，呂薛反。哲，陟列反。

屮，丑列反。轍，**直**列反。蠚，姊列反。薜，私列反。節，廁別反。
棳，山列反。晢，旨熱反。舌，食列反。設，式列反。熱，如列反。
孑，居列反。別，憑列反。朅，去竭反。傑，渠烈反。孹，魚列反。
妜，許列反。焆，於列反。吶，女劣反。劣，力惙反。輟，陟劣反。
皷，丑劣反。蕝，子悅反。膬，七絕反。絕，情雪反。雪，相絕反。
茁，側劣反。㕞，所劣反。拙，職雪反。歠，昌雪反。啜，樹雪反。
爇，如雪反。缺，傾雪反。妜，於悅反。悅，翼雪反。蹶，紀劣反。
噦，乙劣反。

3、刪韻

上聲潸韻 1 例

潸，數板反。

去聲訕韻 13 例

襻，普患反。慢，莫晏反。鏟，初鴈反。輚，士諫反。訕，所晏反。
諫，古晏反。鴈，五晏反。晏，烏澗反。妠，女患反。篡，楚患反。
慣，古患反。薍，五患反。患，胡慣反。

入聲鎋韻 18 例

捌，百鎋反。砎，莫鎋反。獺，他鎋反。瘶，女鎋反。刹，初鎋反。
黠，古鎋反。磍，枯鎋反。黷，吾鎋反。瞎，胡鎋反。鎋，胡瞎反。
鷃，乙鎋反。鷄，丁刮反。頒，丑刮反。妠，女刮反。籑，初刮反。
刮，古頒反。劯，五刮反。頡，下刮反。

4、山韻

上聲產韻 1 例

產，所簡反。

去聲襉韻 9 例

產，所簡反。盼，普莧反。辦，薄莧反。蔄，莫莧反。袒，大莧反。
屷，初莧反。襉，古莧反。莧，侯辦反。幻，胡辦反。

入聲黠韻 18 例

八，博拔反。汃，普八反。拔，蒲八反。密，莫八反。疤，女黠反。
節，側八反。齺，初八反。殺，所八反。戛，古黠反。瓠，恪八反。

黠，胡八反。窡，丁滑反。豽，女滑反。劀，古滑反。䫡，五滑反。
傄，呼八反。滑，戶八反。婠，烏八反。

5、元韻

上聲阮韻 1 例

阮，虞遠反。

去聲願韻 13 例

阮，虞遠反。嬎，芳万反。飯，符万反。万，無販反。建，居万反。
健，渠建反。獻，許建反。堰，於建反。變，居願反。願，魚怨反。
楥，許勸反。券，去彭反。怨，於彭反。

《裴韻》：「券，去彭反。」《王三》：「券，去願反。」

《裴韻》：「怨，於彭反。」《王三》：「怨，於願反。」

以上兩組反切，切下字「彭」和「願」是異體字。

入聲月韻 14 例

怖，匹伐反。伐，房越反。韤，望發反。訐，居謁反。擖，其謁反。
歇，許謁反。謁，於歇反。厥，居月反。闕，去月反。鱖，其月反。
月，魚厥反。颲，許月反。越，王伐反。䫝，於月反。

效攝

1、蕭韻

上聲篠韻 1 例

篠，藤鳥反。

去聲嘯韻 8 例

糶，他弔反。藋，徒弔反。尿，奴弔反。顟，力弔反。嘯，蘇弔反。
叫，古弔反。竅，苦弔反。顤，五弔反。突，烏弔反。

《裴韻》：「突，烏弔反。」《王三》：「窵，於弔反。」反切下字「弔」和
「弔」為異體字。

2、宵韻

去聲笑韻 15 例

剽，匹笑反。驃，毗召反。朓，丑召反。召，持笑反。噍，才笑反。

笑，私妙反。照，之笑反。少，失召反。趬，丘召反。顤，牛召反。
要，於笑反。曜，弋笑反。裱，必廟反。廟，眉召反。嶠，渠廟反。

3、肴韻

平聲肴韻6例

庖，薄交反。嘲，張交反。䄻，側交反。讓，楚交反。聱，五交反。
顤，於交反。

上聲絞韻1例

絞，古巧反。

去聲教韻13例

豹，博教反。貌，莫教反。罩，都教反。橈，奴効反。趠，褚教反。
掉，直教反。抓，側教反。抄，初教反。稍，所教反。敲，苦教反。
樂，五教反。孝，呼教反。效，胡教反。

4、豪韻

平聲豪韻17例

褒，博毛反。袍，薄褒反。毛，莫袍反。刀，都勞反。饕，土高反。
陶，徒刀反。猱，奴刀反。勞，盧刀反。操，七刀反。曹，昨勞反。
高，古勞反。尻，苦勞反。敖，五勞反。蒿，呼高反。豪，胡刀反。
爊，於刀反。糟，作曹反。

《裴韻》：「糟，作曺反。」《王三》：「糟，作曹反。」兩書中的反切下字「曺」和「曹」是異體字。

上聲晧韻1例

晧，胡老反。

去聲號韻15例

報，博秏反。暴，薄報反。帽，莫報反。到，都導反。導，徒到反。
嫪，盧到反。竈，側到反。操，七到反。漕，在到反。喿，蘇到反。
誥，古到反。鎬，苦到反。傲，五到反。號，胡到反。奧，烏到反。

梗攝

1、庚韻

　　平聲庚韻 26 例

　　　閉，逋盲反。磅，撫庚反。彭，薄庚反。鬤，乃庚反。趟，竹盲反。
　　　瞠，丑庚反。棖，直庚反。鎗，楚庚反。傖，助庚反。生，所京反。
　　　庚，古行反。坑，客庚反。脝，許庚反。行，戶庚反。觥，古橫反。
　　　諻，虎橫反。橫，胡盲反。兵，補榮反。平，符兵反。明，武兵反。
　　　驚，舉卿反。卿，去京反。擎，渠京反。迎，語京反。兄，許榮反。
　　　榮，永兵反。

　　上聲梗韻 1 例

　　　梗，古杏反。

　　去聲更韻 15 例

　　　梗，古杏反。孟，莫鞭反。倀，豬孟反。瀧，楚敬反。更，古孟反。
　　　鞭，五孟反。諱，許孟反。行，胡孟反。蝗，戶孟反。柄，鄙病反。
　　　病，被敬反。慶，綺映反。競，渠敬反。映，於敬反。詠，爲柄反。

　　入聲陌韻 21 例

　　　伯，博白反。礔，陟格反。坼，丑格反。嘖，側陌反。柵，惻戟反。
　　　齰，鋤陌反。索，所戟反。格，古陌反。客，苦陌反。赫，呼格反。
　　　垎，胡格反。啞，烏陌反。虢，古伯反。謋，虎伯反。擭，一虢反。
　　　碧，逋逆反。戟，几劇反。隙，綺戟反。劇，奇逆反。逆，宜戟反。
　　　矒，于陌反。

2、耕韻

　　平聲耕韻 16 例

　　　繃，逋萌反。怦，普耕反。輣，扶萌反。甍，莫耕反。朾，中莖反。
　　　橙，直耕反。儜，女耕反。爭，側莖反。琤，楚莖反。崢，士耕反。
　　　耕，古莖反。鏗，口莖反。娙，五莖反。莖，戶耕反。甖，烏莖反。
　　　轟，呼宏反。

上聲耿韻 1 例

耿，古幸反。

去聲諍韻 3 例

迸，北諍反。諍，側迸反。褸，於諍反。

入聲隔韻 16 例

蘗，博厄反。擛，普麥反。綼，蒲革反。麥，莫獲反。摘，陟革反。
責，側革反。策，惻革反。賾，士革反。棟，所責反。隔，古核反。
礊，口革反。覈，下革反。厄，烏革反。蟈，古獲反。騞，呼麥反。
獲，胡麥反。

3、清韻

平聲清韻 20 例

並，府盈反。名，武並反。跉，呂貞反。貞，陟盈反。楟，**勅**貞反。
呈，**直**貞反。清，七精反。情，疾盈反。騂，息營反。餳，徐盈反。
征，諸盈反。聲，書盈反。成，市征反。輕，去盈反。頸，巨成反。
嬰，於盈反。盈，以成反。瓊，渠營反。縈，於營反。營，余傾反。

上聲請韻 1 例

穎，餘頃反。

去聲清韻 13 例

摒，畢政反。響，匹政反。摒，防政反。遉，丑鄭反。鄭，直政反。
清，七政反。淨，疾政反。性，息正反。政，之盛反。聖，聲正反。
盛，承政反。勁，居盛反。夐，虛政反。詺，武響反。

《裴韻》：「詺，武響反。」《王三》：「詺，武聘反。」這兩個反切的切下字
「響」和「聘」是異體字。

入聲昔韻 16 例

辟，必益反。僻，芳辟反。擗，房益反。擲，直炙反。皵，七迹反。
籍，秦昔反。昔，私積反。隻，之石反。尺，昌石反。麝，食亦反。
釋，施隻反。石，常尺反。益，伊昔反。繹，羊益反。役，營隻反。
瞁，許役反。

《裴韻》：「瞁，許役反。」《王三》：「瞁，許役反。」

「役」和「伇」在兩部韻書中都是營隻反，音同義同，是異體字。

4、冥韻

平聲冥韻 15 例

塀，著丁反。瓶，薄經反。宾，莫經反。丁，當經反。汀，他丁反。
庭，特丁反。宁，奴丁反。靈，郎丁反。青，蒼經反。星，桑經反。
經，古靈反。馨，呼形反。形，戶經反。扃，古螢反。熒，乎丁反。

上聲茗韻 1 例

茗，莫迥反。

去聲暝韻 11 例

暝，莫定反。矴，丁定反。聽，他定反。定，特徑反。寗，乃定反。
靘，千定反。腥，息定反。徑，古定反。磬，苦定反。脛，戶定反。
鎣，烏定反。

入聲錫韻 20 例

壁，北激反。霹，普激反。甓，蒱歷反。覓，莫歷反。的，都歷反。
逖，他歷反。荻，徒歷反。惄，奴歷反。靂，閭激反。績，則歷反。
戚，倉歷反。寂，昨歷反。錫，先擊反。激，古歷反。燉，去激反。
鷁，五歷反。赦，許狄反。檄，胡狄反。鄖，古闃反。闃，苦鷁反。

入聲覓韻

《裴韻》:「覓，莫歷反。」《王三》:「覓，莫歷反。」
《裴韻》:「鄖，古闃反。」《王三》:「鄖，古闃反。」
《裴韻》:「闃，苦鷁反。」《王三》:「闃，苦鷁反。」

以上三組小韻，反切下字「歷」與「歷」、「闃」與「闃」、「鷁」與「鷁」
皆為異體字。

果攝

1、歌韻

平聲歌韻 19 例

波，博何反。頗，滂何反。摩，莫何反。他，託何反。駝，徒何反。
那，諾何反。羅，盧何反。醝，昨何反。歌，古俄反。珂，苦何反。

訶，虎何反。阿，烏何反。除，丁戈反。贏，洛過反。侳，子過反。
莎，蘇禾反。虵，夷柯反。韡，希波反。嗵，丁戈反。

上聲哿韻 1 例

哿，古我反。

去聲箇韻 22 例

破，普臥反。磨，莫箇反。跢，丁佐反。馱，唐佐反。奈，奴箇反。
邏，盧箇反。佐，作箇反。箇，古賀反。坷，口佐反。餓，五箇反。
賀，何箇反。唾，託臥反。惰，徒臥反。懦，乃臥反。挫，側臥反。
剉，麁臥反。過，古臥反。課，苦臥反。臥，五貨反。貨，呼臥反。
和，胡臥反。涴，烏臥反。

假攝

1、佳韻

平聲佳韻 15 例

牌，薄佳反。䁐，莫佳反。羪，妳佳反。扠，丑佳反。釵，楚佳反。
柴，士佳反。崽，山佳反。佳，古膎反。崖，五佳反。髽，火佳反。
膎，戶佳反。娃，於佳反。媧，姑柴反。咼，苦蛙反。竵，火咼反。

上聲蟹韻 1 例

解，鞋買反。

去聲懈韻 15 例

庍，方卦反。派，匹卦反。粺，傍卦反。賣，莫懈反。債，側賣反。
差，楚懈反。瘵，士懈反。曬，所賣反。懈，古隘反。㜸，苦賣反。
睚，五懈反。謑，許懈反。隘，烏懈反。卦，古賣反。畫，胡卦反。

2、麻韻

平聲麻韻 30 例

巴，百加反。葩，普巴反。爬，蒲巴反。麻，莫霞反。爹，陟加反。
侘，勑加反。秅，宅加反。拏，女加反。叉，初牙反。楂，鉏加反。
砂，所加反。嘉，古牙反。齖，客加反。牙，五加反。煆，許加反。
遐，胡加反。鴉，烏加反。花，呼瓜反。華，戶花反。窊，烏瓜反。

嗟，子邪反。衺，似嗟反。遮，士奢反。車，昌遮反。蛇，食遮反。

奢，式車反。闍，視奢反。婼，而遮反。邪，以遮反。摑，陟瓜反。

上聲馬韻 1 例

馬，莫下反。

去聲禡韻 27 例

霸，博駕反。帕，芳霸反。杷，琶駕反。禡，莫駕反。胯，乃亞反。

吒，陟訝反。詫，丑亞反。詐，側訝反。乍，鋤駕反。駕，古訝反。

骼，口訝反。迓，吾駕反。嚇，呼訝反。暇，胡訝反。誜，所化反。

跨，苦化反。化，霍霸反。搲，胡化反。唶，子夜反。笡，淺謝反。

褯，慈夜反。蝑，思夜反。謝，似夜反。柘，之夜反。赿，充夜反。

射，神夜反。舍，始夜反。

深攝

1、侵韻

平聲侵韻 20 例

林，力尋反。碪，知林反。琛，丑林反。沈，除深反。誑，女心反。

祲，姊心反。侵，七林反。鱏，昨淫反。心，息林反。尋，徐林反。

嵾，楚今反。森，所今反。斟，職深反。覘，充針反。深，式針反。

任，如林反。愔，於淫反。淫，余針反。金，居音反。欽，去音反。

上聲寢韻 1 例

寢，七稔反。

去聲沁韻 13 例

賃，乃禁反。臨，力驗反。椹，陟鴆反。闖，丑禁反。祲，作驗反。

讖，側譖反。滲，所禁反。枕，職驗反。妊，女驗反。禁，居蔭反。

鈐，巨禁反。蔭，於禁反。沁，七驗反。

《裴韻》：「臨，力驗反。」《王三》：「臨，力鴆反。」

《裴韻》：「椹，陟驗反。」《王三》：「椹，陟鴆反。」

《裴韻》：「枕，職驗反。」《王三》：「枕，轍鴆反。」

《裴韻》：「祲，作驗反。」《王三》：「祲，作鴆反。」

《裴韻》：「沁，七驗反。」《王三》：「沁，七鵤反。」

以上 5 個小韻的反切下字，《裴韻》作「驗」，《王三》作「鵤」，是異體字。

入聲緝韻 21 例

立，力急反。縶，陟立反。蟄，**直**立反。㗩，姉入反。緝，七入反。
集，秦入反。習，似入反。戢，阻立反。偮，初戢反。澀，色立反。
褶，神執反。溼，失入反。十，是執反。入，尔執反。急，居立反。
泣，去急反。及，其立反。岌，魚及反。吸，呼及反。熠，爲立反。
邑，英及反。

曾攝

1、蒸韻

平聲蒸韻 20 例

冰，筆陵反。憑，扶冰反。征，陟陵反。瞪，丑升反。澄，直陵反。
繒，疾陵反。㻚，山矜反。殑，其矜反。蒸，諸膺反。稱，處陵反。
繩，食陵反。升，識承反。承，署陵反。仍，如承反。兢，居陵反。
硱，綺陵反。疑，魚陵反。**興**，虛陵反。膺，於陵反。蠅，餘陵反。

《裴韻》：「殑，其矜反。」《王三》：「殑，其矜反。」

以上兩小韻中反切下字「矜」、「矜」是異體字。

去聲證韻 11 例

凭，皮孕反。眙，丈證反。甑，子孕反。證，諸膺反。稱，蚩證反。
乘，實證反。勝，詩證反。認，而證反。興，許應反。膺，於證反。
孕，以證反。

入聲職韻 25 例

堛，芳逼反。愎，符逼反。匿，女力反。力，良**直**反。陟，竹力反。
勒，恥力反。直，除力反。即，子力反。息，相即反。稄，阻力反。
測，初力反。崱，士力反。色，所力反。職，之翼反。食，乘力反。
殛，紀力反。䩯，丘力反。極，渠力反。䵩，許力反。憶，於力反。
洫，況逼反。域，榮逼反。識，聲職反。寔，常職反。弋，与職反。

《裴韻》：「識，聲職反。」《王三》：「識，商職反。」

《裴韻》：「寔，常職反。」《王三》：「寔，常職反。」

《裴韻》：「弋，與職反。」《王三》：「弋，與職反。」

以上 3 個小韻反切下字「職」、「職」是異體字。

流攝

1、尤韻

平聲尤韻 24 例

不，甫鳩反。飍，匹尤反。浮，父謀反。謀，莫浮反。劉，力求反。

儔，直由反。遒，即由反。秋，七游反。酋，字秋反。脩，息流反。

囚，似由反。鄒，則鳩反。愁，士求反。搜，所鳩反。犨，赤周反。

柔，耳由反。鳩，九求反。丘，去求反。惆，去愁反。裘，巨鳩反。

牛，語求反。休，許尤反。尤，羽求反。憂，於求反。猷，以周反。

上聲有韻 17 例

丑，勅久反。酒，子酉反。湫，在久反。滫，息有反。掫，側久反。

溲，疎有反。肘，之久反。醜，處久反。首，書久反。受，植酉反。

蹂，人久反。久，舉有反。糗，去久反。舅，巨久反。有，云久反。

颱，於柳反。酉，与久反。

去聲宥韻 22 例

富，府副反。副，敷救反。復，扶富反。溜，六救反。畜，丑救反。

僦，即救反。就，疾僦反。秀，先救反。皺，側救反。簉，初救反。

驟，鋤祐反。瘦，所救反。呪，職救反。臭，鴟救反。狩，舒救反。

授，承秀反。輮，人又反。救，久祐反。舊，巨救反。齅，許救反。

宥，尤救反。鼬，余救反。

其中《裴韻》反切下字「救」和《王三》反切下字「救」是異體字。見
於以下 15 組小韻：

《裴韻》：「簉，初救反。」《王三》：「簉，初救反。」

《裴韻》：「臭，鴟救反。」《王三》：「臭，尺救反。」

《裴韻》：「副，敷救反。」《王三》：「副，敷救反。」

《裴韻》：「溜，六救反。」《王三》：「溜，力救反。」

《裴韻》：「畜，丑救反。」《王三》：「畜，丑救反。」
《裴韻》：「僦，即救反。」《王三》：「僦，即救反。」
《裴韻》：「秀，先救反。」《王三》：「秀，息救反。」
《裴韻》：「皺，側救反。」《王三》：「皺，側救反。」
《裴韻》：「瘦，所救反。」《王三》：「瘦，所救反。」
《裴韻》：「呪，職救反。」《王三》：「呪，職救反。」
《裴韻》：「狩，舒救反。」《王三》：「狩，舒救反。」
《裴韻》：「舊，巨救反。」《王三》：「舊，巨救反。」
《裴韻》：「齅，許救反。」《王三》：「齅，許救反。」
《裴韻》：「宥，尤救反。」《王三》：「宥，尤救反。」
《裴韻》：「饇，余救反。」《王三》：「狖，余救反。」

2、侯韻

平聲侯韻 15 例

裒，蒲溝反。兜，當侯反。偷，託侯反。頭，度侯反。羺，女溝反。
樓，落侯反。緅，子侯反。涑，速侯反。鉤，古侯反。彄，恪侯反。
齵，五侯反。齁，呼侯反。侯，胡溝反。謳，烏侯反。緅，徂鈎反。

《裴韻》：「緅，徂鈎反。」《王三》：「緅，徂鈎反。」

這組小韻中，《裴韻》反切下字 「鈎」和《王三》反切下字「鉤」是異體
字。

上聲厚韻 13 例

掊，方垢反。剖，普厚反。部，蒲口反。母，莫厚反。斗，當口反。
麩，他后反。稸，趁口反。塿，盧斗反。叟，蘇后反。苟，古厚反。
口，苦厚反。藕，五口反。厚，胡口反。

去聲候韻 15 例

仆，匹豆反。茂，莫候反。鬭，丁豆反。透，他候反。豆，徒候反。
耨，奴豆反。陋，盧候反。奏，則候反。輳，倉候反。瘶，蘇豆反。
遘，古候反。寇，呼候反。候，胡遘反。漚，於候反。寇，苦候反。

3、幽韻

平聲幽韻 12 例

彪，補休反。繆，武彪反。鏐，力幽反。稵，子幽反。犙，山幽反。

虯，渠幽反。飍，香幽反。休，許彪反。淲，扶虨反。樛，居虯反。

聱，語虯反。幽，於虯反。

字形不同，但實際反切下字用字相同的有：

《裴韻》：「淲，扶虨反。」《王三》：「淲，扶彪反。」

《裴韻》切下字「虨」和《王三》切下字「彪」是異體字。

《裴韻》：「樛，居虯反。」《王三》：「樛，居虯反。」

《裴韻》：「聱，語虯反。」《王三》：「聱，語虯反。」

《裴韻》：「幽，於糾反。」《王三》：「幽，於虯反。」

《裴韻》切下字「糾」和《王三》切下字「虯」是異體字。

上聲黝韻 4 例

糾，居黝反。愀，慈糾反。黝，於糾反。蟉，渠糾反。

字形不同，但實際反切下字用字相同的有：

《裴韻》：「愀，慈糾反。」《王三》：「愀，茲糾反。」

《裴韻》：「黝，於糾反。」《王三》：「黝，於糾反。」

《裴韻》：「蟉，渠糾反。」《王三》：「蟉，渠糾反。」

《裴韻》切下字「糾」和《王三》切下字「糾」是異體字。

去聲幼韻 3 例

幼，伊謬反。謬，靡幼反。䠐，丘幼反。

《裴韻》：「謬，靡幼反。」《王三》：「謬，靡幼反。」

《裴韻》：「䠐，丘幼反。」《王三》：「䠐，丘幼反。」

《裴韻》切下字「幼」和《王三》「幼」是異體字。

咸攝

1、鹽韻

平聲鹽韻 20 例

霑，張廉反。覘，丑廉反。黏，女廉反。尖，子廉反。籤，七廉反。

潛，昨鹽反。銛，息廉反。燖，徐廉反。詹，職廉反。襜，處詹反。
苫，失廉反。髯，汝鹽反。懕，於鹽反。鹽，余廉反。砭，府廉反。
憸，丘廉反。箝，巨淹反。讝，語廉反。炎，于廉反。淹，英廉反。

上聲琰韻 8 例

斂，力冉反。諂，丑琰反。憸，七漸反。漸，自冉反。陜，失冉反。
冉，而琰反。黶，於琰反。琰，以冉反。

去聲艷韻 11 例

殮，力驗反。嚱，子豔反。壍，七贍反。占，將艷反。閃，式贍反。
贍，市豔反。染，而贍反。猒，於豔反。窆，方驗反。憸，扵驗反。
諺，語窆反。

入聲葉韻 20 例

獵，良涉反。鍤，丑輒反。牒，直輒反。敿，尼輒反。接，紫葉反。
妾，七接反。捷，疾葉反。讋，之涉反。謵，叱涉反。攝，書涉反。
涉，時攝反。讘，而涉反。葉，與涉反。瘱，於葉反。葉，与涉反。
紼，居輒反。庡，去涉反。极，其輒反。曄，云輒反。敏，於輒反。

2、添韻

平聲添韻 9 例

髫，丁兼反。添，他兼反。甜，徒兼反。鮎，奴兼反。鬑，勒兼反。
兼，古甜反。謙，苦兼反。馦，許兼反。嫌，戶兼反。

上聲忝韻 8 例

嫼，明忝反。點，多忝反。忝，他點反。簟，徒玷反。淰，乃簟反。
稴，盧忝反。孅，居點反。嗛，苦簟反。

去聲㮇韻 9 例

店，都念反。㮇，他念反。磹，徒念反。念，奴店反。僣，子念反。
曆，潛念反。磯，先念反。䫡，絕念反。酓，扵念反。

入聲怗韻 12 例

怗，他恊反。爲，徒恊反。錜，奴恊反。騆，盧恊反。浹，子恊反。
蘒，在恊反。燮，蘓恊反。頰，古恊反。愜，苦恊反。諜，呼恊反。
恊，胡鵊反。擪，於恊反。

3、覃韻

平聲覃韻 12 例

躭，丁含反。貪，他含反。南，那含反。婪，盧含反。簪，作含反。

叅，倉含反。蠶，昨含反。毿，蘓含反。弇，古南反。龕，口含反。

峆，火含反。諳，烏含反。

上聲禫韻 15 例

黕，都感反。襑，他感反。禫，徒感反。腩，奴感反。壈，盧感反。

昝，子感反。慘，七感反。歜，徂感反。糂，蘓感反。感，古禫反。

坎，苦感反。顉，五感反。顣，呼感反。頷，胡感反。晻，烏感反。

去聲醰韻 12 例

馾，丁紺反。僋，他紺反。醰，徒紺反。喃，奴紺反。篸，作紺反。

謲，七紺反。俕，蘓紺反。紺，古暗反。勘，苦紺反。儑，五紺反。

憾，下紺反。暗，烏紺反。

入聲合韻 9 例

答，都合反。沓，徒合反。納，奴荅反。拉，盧荅反。帀，子荅反。

雜，徂合反。溘，口荅反。㘝，五合反。姶，烏合反。

4、談韻

平聲談韻 13 例

姏，武酣反。擔，都甘反。珊，他酣反。談，徒甘反。藍，盧甘反。

暫，作三反。笘，倉甘反。慙，昨甘反。三，蘓甘反。甘，古三反。

坩，苦甘反。蚶，火談反。酣，胡甘反。

上聲淡韻 11 例

埳，謨敢反。膽，都敢反。菼，吐敢反。噉，徒敢反。覽，盧敢反。

鬢，子敢反。黲，倉敢反。槧，才敢反。敢，古覽反。埯，安敢反。

䮾，工覽反。

去聲闞韻 9 例

擔，都濫反。賧，吐濫反。憺，徒濫反。濫，盧瞰反。暫，慙濫反。

闞，苦濫反。䀐，呼濫反。憨，下瞰反。䫲，公暫反。

《裴韻》:「餎，公暫反。」《王三》:「餎，公蹔反。」反切下字「暫」和「蹔」
是異體字。

入聲盍韻 12 例

皺，都盍反。榻，吐盍反。蹋，徒盍反。臘，盧盍反。雭，才盍反。
儑，私盍反。鞈，古盍反。榼，苦盍反。儑，五盍反。歃，呼盍反。
盍，胡臘反。鰪，安盍反。

5、咸韻

平聲咸韻 9 例

詀，竹咸反。讒，士咸反。攕，所咸反。緘，古咸反。鵮，苦咸反。
嵒，五咸反。歆，許咸反。咸，胡讒反。猼，乙咸反。

上聲減韻 11 例

湛，徒減反。臉，力減反。巉，丑減反。鵮，女減反。斬，阻減反。
臉，初減反。瀺，士減反。摻，所斬反。減，古斬反。闞，火斬反。
鎌，下斬反。㽿，苦減反。

《裴韻》:「㽿，苦減反。」《王三》:「㽿，苦減反。」反切下字「減」、「減」
爲異體字。

去聲陷韻 6 例

詀，都陷反。賺，佇陷反。蘸，滓陷反。餡，口陷反。陷，戶韽反。
韽，於陷反。

入聲洽韻 11 例

箚，竹洽反。囡，女洽反。眨，阻洽反。插，楚洽反。臿，士洽反。
霎，山洽反。夾，古洽反。恰，苦洽反。鮯，呼洽反。洽，侯來反。
硈，烏洽反。

6、銜韻

平聲銜韻 7 例

攙，楚銜反。巉，鋤銜反。衫，所銜反。監，古銜反。嵌，口銜反。
巖，五銜反。銜，戶監反。

上聲檻韻 6 例

檻，胡黤反。巉，士檻反。摲，山檻反。㩟，荒檻反。黤，於檻反。

酸，初攬反。

《裴韻》的反切下字「攬」和《王三》的反切下字「檻」是異體字，見於以下 5 組小韻：

《裴韻》：「黤，於攬反。」《王三》：「黤，於檻反。」

《裴韻》：「獫，荒攬反。」《王三》：「獫，荒檻反。」

《裴韻》：「摲，山攬反。」《王三》：「摲，山檻反。」

《裴韻》：「巉，士攬反。」《王三》：「巉，士檻反。」

《裴韻》：「酸，初攬反。」《王三》：「酸，初檻反。」

去聲鑑韻 8 例

埑，蒲鑑反。覽，子鑑反。懺，楚鑑反。鑱，士懺反。釤，所鑑反。

鑑，格懺反。㼭，許鑑反。覽，胡懺反。

入聲狎韻 7 例

渫，大甲反。霎，初甲反。翣，所甲反。甲，古狎反。呷，呼甲反。

狎，胡甲反。鴨，烏狎反。

7、嚴韻

平聲嚴韻 4 例

厃，丘嚴反。嚴，語轞反。轞，虛嚴反。腌，於嚴反。

上聲广韻 1 例

厃，丘广反。

入聲業韻 4 例

刧，居怯反。怯，去刧反。業，魚怯反。脅，虛業反。

8、凡韻

平聲凡韻 2 例

芝，匹凡反。凡，符芝反。

《裴韻》：「凡，符芝反」，《王三》：「凡，符芝反」，在這兩個小韻中，反切下字《裴韻》寫作「芝」，《王三》寫作「芝」，爲異體字。

上聲范韻 3 例

范，苻凵反。奿，明范反。凵，丘范反。

去聲梵韻 3 例

泛，敷梵反。梵，扶泛反。劒，覺欠反。

入聲乏韻 3 例

法，方乏反。乏，房法反。猲，起法反。

6.1.3 反切下字不同，韻類相同的小韻反切

《裴韻》有 204 個小韵反切，154 個反切下字是獨有的用字，并與《王三》韻類相同。如下：

通攝：

1、東韻

平聲東韻 1 例：

《裴韻》：「烘，呼同反。」《王三》：「烘，呼紅反。」反切下字「同」與「紅」都是東韻字，韻類相同，讀音相同。

上聲董韻 2 例：

《裴韻》：「朧，力動反。」《王三》：「曨，力董反。」切下字「動」與「董」都是上聲董韻字，且韻類相同，讀音相同。

《裴韻》：「動，徒孔反。」《王三》：「動，徒揔反。」切下字「孔」和「揔」都是董韻字，可以系聯，韻類相同，讀音相同。

入聲屋韻 1 例

《裴韻》：「騆，渠竹」《王三》：「騆，渠六反。」切下字「竹」和「六」都是屋韻字，可以系聯，韻類相同，讀音相同。

2、鍾韻

入聲燭韻 1 例

《裴韻》：「贖，神囑反。」反切下字「囑，之欲反」，屬燭韻字。《王三》：「贖，神玉反」，反切下字「玉」屬燭韻字，「囑」和「玉」屬同一韻類。兩個反切讀音相同。

宕攝：

1、陽韻

　平聲陽韻 2 例

　　《裴韻》：「萇，褚羊反。」《王三》：「萇，褚良反。」兩部書中反切下字「羊」
和「良」韻類相同，讀音相同。

　　《裴韻》：「攘，汝羊反。」《王三》：「穰，汝陽反。」反切下字「羊」和「陽」
可系聯爲同一韻類，讀音相同。

　上聲養韻 2 例

　　《裴韻》：「敞，昌上反。」《王三》：「敞，昌兩反。」兩部書中反切下字「上」
和「兩」的韻類相同，讀音相同。

　　《裴韻》：「柱，紆兩反。」《王三》：「柱，紆罔反。」兩部韻書中反切下字
「兩」和「罔」都可以系聯，韻類相同，讀音相同。

　去聲樣韻 4 例

　　《裴韻》：「訪，芳向反。」《王三》：「訪，敷亮反。」兩部韻書中切下字「向」
和「亮」皆可系聯，韻類相同，讀音也相同。

　　《裴韻》：「喨，丘向反。」《王三》：「喨，丘亮反。」兩書反切下字「向」
和「亮」韻類相同，讀音也相同。

　　《裴韻》：「讓，如仗反。」《王三》：「讓，如狀反。」反切下字「仗」和「狀」
在兩書中皆可系聯，韻類相同，讀音也相同。

　　《裴韻》：「誑，九妄反。」《王三》：「誑，九忘反。」兩書反切下字「妄」
和「忘」韻類相同，讀音也相同。

　入聲藥韻 4 例

　　《裴韻》：「皭，在雀反。」《王三》：「皭，在爵反。」兩書中反切下字「雀」
和「爵」可系聯，韻類相同，讀音也相同。

　　《裴韻》：「削，息灼反。」《王三》：「削，息略反。」兩部書中切下字「灼」
和「略」韻類相同，讀音也相同。

　　《裴韻》：「灼，之略反。」《王三》：「灼，之藥反。」兩部書中反切下字「略」
和「藥」韻類相同，讀音也相同。

《裴韻》：「爍，書灼反。」《王三》：「爍，書藥反。」兩韻書中反切下字「灼」和「藥」可系聯爲一類。韻類相同，讀音也相同。

止攝

1、支韻

平聲支韻 1 例

《裴韻》：「隓，許規反。」《王三》：「隓，許隋反。」

兩部韻書中反切下字「規」和「隨」可以系聯爲一個韻類，它們的讀音相同。

上聲紙韻 5 例

《裴韻》：「紫，茲此反。」《王三》：「紫，茲爾反。」

《裴韻》中「此」與「爾」類切下字可以系聯爲一類，在《王三》中，「此」作小韻的被切字出現，未見用作反切下字，「此，雌氏反」，其反切下字「氏」與「爾」類切下字屬同一韻類。通過兩部韻書的韻類比較，可知反切下字「此」與「爾」應屬同一韻類，它們的讀音相同。

《裴韻》：「侈，尺氏反。」《王三》：「侈，尺尔反。」

兩書中同一被切字「侈」，反切下字分別用「氏」，和「爾」，這兩個切下字在兩部韻書中都可以系聯爲同一韻類，讀音相同。

《裴韻》：「弛，式氏反。」《王三》：「弛，式是反。」

《裴韻》中的被切字「弛」和《王三》中的「弛」是異體字，反切下字分別用「氏」和「是」，在兩部韻書中，它們可以系聯爲一個韻類，所以切下字讀音相同。

《裴韻》：「彼，卑被反。」《王三》：「彼，補靡反。」

這兩個小韻的反切下字「被」和「靡」在兩書中皆可系聯，「被，皮彼反」，「靡，文彼反」，兩書同，二字韻類相同，讀音相同。

去聲寘韻 2 例

《裴韻》：「縋，馳僞反。」《王三》：「縋，池累反。」

兩個小韻的反切下字「僞」和「累」在兩書中都可以系聯爲同類，讀音相同。

《裴韻》:「諉,女睡反。」《王三》:「諉,女恚反。」

反切下字「睡」和「恚」,在《裴韻》、《王三》中都可以系聯爲同一韻類,
被注字讀音相同。

2、脂韻

平聲脂韻 3 例

《裴韻》:「咨,即脂反。」《王三》:「咨,即夷反。」

反切下字「脂」和「夷」可以系聯爲同一韻類,被切字讀音相同。

《裴韻》:「嶊,醉綏反。」《王三》:「嶊,醉唯反。」

在《裴韻》、《王三》兩書中,「綏」的反切皆作「息遺反」,可以與唯類字
系聯爲同一韻類。所以這兩個小韻被切字讀音相同。

《裴韻》:「錐,職追反。」《王三》:「錐,職維反。」

反切下字「追」和「維」在《裴韻》和《王三》兩書中的反切相同,皆作
「追,陟隹反」,「維,以隹反」,它們可以系聯爲一類。所以「錐」字在兩書中
讀音相同。

去聲至韻 1 例

《裴韻》:「備,平秘反。」《王三》:「備,平祕反。」

在《裴韻》和《王三》中「秘」和「祕」是同小韻字,都是秘小韻字,讀
音相同。

3、之韻

平聲之韻 1 例

《裴韻》:「輜,楚治反。」《王三》:「輜,楚持反。」

《裴韻》平聲「治」小韻缺,《王三》「治,直之反」,「持,直之反」,二字
可以與之韻字系聯爲一類。參照《王三》反切,本文暫將「治」與「持」歸爲
一個韻類。

上聲止韻 1 例

《裴韻》:「俟,鋤使反。」《王三》:「俟,漦史反。」

這兩個小韻中,反切下字「使」和「史」在兩部韻書中的切語相同,屬同
一韻類。

4、微韻

上聲尾韻 2 例

《裴韻》：「蟣，居狶反。」《王三》：「蟣，居俙反。」兩部韻書中，反切下字「狶」和「俙」都是「狶」小韻字，讀音相同。

《裴韻》：「虺，許葦反。」《王三》：「虺，許偉反。」

兩部韻書中虺小韻的反切下字「葦」和「偉」都屬同一個小韻，讀音相同。

去聲未韻 1 例

《裴韻》：「慰，於胃反。」《王三》：「慰，於謂反。」

反切下字「胃」和「謂」都是謂小韻字，反切相同，讀音一樣。

遇攝

1、魚韻

上聲語韻 4 例

《裴韻》：「敘，徐舉反。」《王三》：「敘，徐呂反。」

《裴韻》：「去，羌呂反。」《王三》：「去，羌舉反。」

《裴韻》：「許，虛舉反。」《王三》：「許，虛呂反。」

《裴韻》：「與，余筥反。」《王三》：「與，余舉反。」

《裴韻》和《王三》中的反切下字「舉」、「呂」、「筥」可以通過系聯法歸爲同一個韻類，它們的反切是「筥，居許」，「舉，居許」，「呂，力舉」，韻類相同，被切字讀音相同。

去聲御韻 2 例

《裴韻》：「處，昌據反。」《王三》：「處，杵去反。」

上面兩例小韻的反切下字「據」和「去」在《裴韻》和《王三》中都可以系聯爲同一個韻類，讀音相同。

《裴韻》：「署，常慮反。」《王三》：「署，常據反。」

反切下字「慮」和「據」在兩書中皆可系聯爲相同韻類，上面兩個反切讀音相同。

2、虞韻

上聲麌韻 1 例

《裴韻》：「父，扶宇反。」《王三》：「父，扶雨反。」

反切下字「宇」和「雨」在兩部韻書中皆爲同一小韻字，反切相同，皆作
「于矩反」，所以被切字「父」兩書讀音相同。

3、模韻

上聲姥韻 2 例

《裴韻》:「補，博戶反。」《王三》:「補，博古反。」

反切下字「戶，胡古反」、「古，姑戶反」二字的反切可以系聯爲一個韻類，
所以被切字「補」在兩書中讀音一樣。

《裴韻》:「苦，枯戶反。」《王三》:「苦，康杜反。」

反切下字「戶，胡古反」，「杜，徒古反」，二字可以系聯爲一個韻類，兩韻
書中「苦」小韻的反切讀音一樣。

蟹攝

1、齊韻

上聲薺韻 1 例

《裴韻》:「琨，吾礼反。」《王三》:「坭，吾體反。」

在《裴韻》和《王三》中反切下字「礼」和「體」的反切皆作「礼，盧啓
反」，「體，他礼反」，可以系聯爲一個韻類。它們的被切字反切讀音相同。

去聲霽韻 2 例

《裴韻》:「媲，匹詣反。」《王三》:「媲，匹計反。」

在《裴韻》和《王三》兩書中反切下字「詣」的切語相同，都是「五計反」，
可以與「計」系聯起來，韻類相同。所以上面被切字「媲」在兩書中的切下字
雖不同，但讀音相同。

《裴韻》:「嚌，在細反。」《王三》:「嚌，在計反。」

「嚌」小韻在兩書中反切下字不同，分別是「細」和「計」，「細」的切語
在兩書中皆作「蘇計反」，可以和「計」系聯爲一個韻類。所以被切字的反切讀
音相同。

2、祭韻 4 例

《裴韻》:「例，力滯反。」《王三》:「例，力制反。」

「例」小韻在兩書中反切下字不同，分別是「滯」和「制」，它們的切語在兩部韻書中相同，分別是「滯，直例反」，「制，職例反」，可以系聯爲一個韻類，「例」的兩個反切讀音相同。

《裴韻》：「跐，丑世反。」《王三》：「跇，丑勢反。」

以上兩個反切的切下字「世」和「勢」在兩部韻書中都屬同一小韻，皆作「舒制反」，讀音相同。

《裴韻》：「猘，居例反。」《王三》：「猘，居厲反。」

以上兩個小韻的反切下字「例」和「厲」在兩部韻書中都是「例」小韻字，反切相同，讀音相同。

3、泰韻 2 例

《裴韻》：「旆，蒲外反。」《王三》：「旆，薄蓋反。」

以上兩個小韻的反切下字「外」和「蓋」在兩韻書中皆可系聯爲同一韻類，兩個反切聲類、韻類相同，讀音相同。

《裴韻》：「蓋，古太反。」《王三》：「蓋，古大反。」

反切下字「太」和「大」，在兩部韻書中切語皆爲「太，他蓋反」，「大，徒蓋反」，二字可以系聯，韻類相同，被切字「蓋」讀音相同。

4、皆韻

去聲界韻 3 例

《裴韻》：「鎩，所界反。」《王三》：「鎩，所拜反。」

以上兩個小韻中的反切下字「界」和「拜」，在兩韻書中皆可系聯爲同一韻類，它們的被切字讀音相同。

《裴韻》：「怪，古壞反。」《王三》：「怪，古懷反。」

兩書反切下字皆作「壞」，李榮、邵書作「懷」。

《裴韻》：「薊，苦拜反。」《王三》：「薊，苦懷反。」

5、廢韻 1 例

《裴韻》：「刈，魚廢反。」《王三》：「刈，魚肺反。」

以上兩個小韻的反切下字「廢」和「肺」，在兩韻書中皆作「廢，方肺反」，「肺，芳廢反」。可以系聯爲一個韻類。被切字讀音相同。

6、灰韻

去聲 2 例

《裴韻》:「退,他內反。」《王三》:「退,他續反。」

以上兩小韻的反切下字「內」和「續」,在《裴韻》、《王三》中切語情況相同,皆可系聯爲一類,被注字「退」兩書讀音相同。

《裴韻》:「磑,五內反。」《王三》:「磑,五對反。」

以上兩小韻的反切下字「內」和「對」,在《裴韻》、《王三》中反切相同,皆可系聯爲一類,被注字「磑」兩書讀音相同。

7、臺韻

平聲臺韻 1 例

《裴韻》:「臺,徒來反。」《王三》:「臺,徒哀反。」

《裴韻》臺韻僅存此一個小韻,《王三》、《廣韻》反切下字「來」和「哀」可系聯爲同一韻類。本文參照《王三》和《廣韻》,暫將「來」和「哀」看作一個韻類,臺小韻反切讀音相同。

上聲待韻 2 例

《裴韻》:「在,昨改反。」《王三》:「在,昨宰反。」

以上兩小韻反切下字「改」和「宰」,皆可與 「亥」類切下字系聯起來,韻類相同。被注字反切讀音相同。

《裴韻》:「茝,昌待反。」《王三》:「茝,昌殆反。」

《裴韻》的「待」和《王三》的「殆」字切語皆作「徒亥反」,二字讀音一樣,被切字小韻讀音相同。

臻攝

1、眞韻

上聲軫韻 11 例

《裴韻》:「紖,直忍反。」《王三》:「紖,直引反。」
《裴韻》:「盡,慈忍反。」《王三》:「盡,詞引反。」
《裴韻》:「忍,而引反。」《王三》:「忍,而軫反。」
《裴韻》:「螼,丘忍反。」《王三》:「螼,丘引反。」
《裴韻》:「釿,宜忍反。」《王三》:「釿,宜引反。」

以上五組小韻，反切下字「忍」、「引」、「軫」在《裴韻》和《王三》中皆可系聯爲一個韻類，它們的被切字在兩書中讀音相同。

《裴韻》：「引，余軫反。」《王三》：「引，余畛反。」

以上兩個小韻，反切下字「軫」和「畛」在《王三》和《裴韻》裏都是軫小韻的字，讀音相同。

《裴韻》：「麏，丘殞反。」《王三》：「麏，丘隕反。」

《裴韻》：「輑，牛殞反。」《王三》：「輑，牛隕反。」

以上兩組小韻，反切下字「殞」和「隕」皆爲「殞」小韻字，讀音相同。

去聲震韻

《裴韻》：「遴，力進反。」《王三》：「遴，力晉反。」

《裴韻》：「刃，而進反。」《王三》：「忍，而晉反。」

以上兩組小韻，反切下字「進」和「晉」皆作「即刃反」，讀音相同。

《裴韻》：「櫬，楚覲反。」《王三》：「襯，初遴反。」

這兩個小韻的反切下字「覲」和「遴」在兩書中皆可系聯爲一類，兩個小韻讀音相同。

入聲質韻 6 例

《裴韻》：「七，親悉反。」《王三》：「七，親日反。」

《裴韻》：「叱，齒日反。」《王三》：「叱，尺栗反。」

《裴韻》：「一，憶質反。」《王三》：「一，於逸反。」

以上三組小韻的反切下字「悉、日、質、逸、栗」在《裴韻》和《王三》中皆可系聯爲一個韻類，被切字讀音相同。

《裴韻》：「卹，辛律反。」《王三》：「卹，辛聿反。」

《裴韻》：「出，尺聿反。」《王三》：「出，尺律反。」

《裴韻》：「率，所律反。」《王三》：「率，師出反。」

以上三組小韻的反切下字「律、聿、出」皆可系聯爲同一韻類，其小韻反切讀音相同。

2、文韻

入聲物韻 1 例

《裴韻》：「倔，衢勿反。」《王三》：「倔，衢物反。」

　　《裴韻》和《王三》反切下字「物」和「勿」都是「無弗反」，讀音相同。
被切字讀音也相同。

3、斤韻

平聲斤韻 1 例

　　《裴韻》:「斤，舉圻反。」《王三》:「斤，舉忻反。」

　　《裴韻》斤韻僅存此 1 例，切下字「圻」缺反切，《王三》、《切三》和《廣
韻》皆作「忻，許斤反」,「圻，語斤反」,「圻」、「忻」反切可系聯爲一個韻類。
被切字「斤」讀音相同。參照《王三》、《切三》和《廣韻》的情況，暫將這兩
個小韻看作讀音相同的小韻。

4、登韻

去聲嶝韻 2 例

　　《裴韻》:「贈，昨磴反。」《王三》:「贈，昨互反。」

　　《裴韻》:「互，古嶝反。」《王三》:「互，古鄧反。」

　　以上兩組小韻的反切下字「磴、互、嶝、鄧」，通過反切系聯，在兩部韻書
中皆可歸爲一個韻類。其被切字反切上字相同，切下字韻類相同，在兩書中讀
音相同。

入聲德韻 1 例

　　《裴韻》:「則，子得反。」《王三》:「則，即勒反。」

　　兩書中反切下字「得」和「勒」韻類相同，兩個反切讀音相同。

5、寒韻

去聲翰韻 4 例

　　《裴韻》:「旦，丹按反。」《王三》:「旦，得案反。」

　　反切下字「按」和「案」在兩書中同小韻，同反切，讀音相同。

　　《裴韻》:「讚，則旦反。」《王三》:「讚，作幹反。」

　　反切下字「旦」和「幹」在兩韻書中皆可系聯爲一類，以上兩個反切讀音
相同。

　　《裴韻》:「竄，七段反。」《王三》:「竄，七亂反。」

　　《裴韻》:「瑍，呼亂反。」《王三》:「喚，呼段反。」

以上兩組小韻，反切下字「段」和「亂」在兩韻書中皆系聯爲一個韻類，各組被切字讀音相同。

入聲褐韻 6 例

《裴韻》：「鏺，普括反。」《王三》：「鏺，普活反。」

《裴韻》：「侻，他括反。」《王三》：「侻，他活反。」

《裴韻》：「撮，七活反。」《王三》：「撮，七括反。」

以上三組小韻，反切下字「括、活」在兩部韻書中都爲同一韻類，各組被切字讀音相同。

《裴韻》：「末，莫曷反。」《王三》：「末，莫割反。」

《裴韻》：「巀，才達反。」《王三》：「巀，才割反。」

《裴韻》：「遏，烏葛反。」《王三》：「遏，烏割反。」

以上三組小韻，反切下字「曷、葛、割、達」在兩韻書中皆系聯爲一個韻類，各組被切字在兩書中同音。

6、魂韻

入聲紇韻 1 例

《裴韻》：「訥，諾骨反。」《王三》：「訥，諾忽反。」

反切下字「骨」和「忽」在《裴韻》和《王三》中皆可系聯爲一類，以上兩個反切讀音相同。

山攝

1、先韻

去聲霰韻 1 例

《裴韻》：「縣，玄絢反。」《王三》：「縣，黃練反。」

2、仙韻

去聲線韻 1 例

《裴韻》：「面，弥便反。」《王三》：「面，彌戰反。」

《裴韻》反切下字「便」無反切，《王三》、《廣韻》皆作婢面切。本文暫將便、面看作同韻類的字。《王三》便、面二字可以系聯。依此推知，上面這兩個小韻反切下字同韻類，被切字音同。

入聲薛韻 1 例

《裴韻》:「嫳,扶列反。」《王三》:「嫳,扶別反。」

反切下字「列」和「別」在兩書中可系聯爲同一韻類,這兩個小韻讀音相同。

3、山韻

入聲黠韻 2 例

《裴韻》:「軋,烏八反。」《王三》:「軋,烏黠反。」

反切下字「八」和「黠」在兩書中可系聯爲同一韻類,這兩個小韻讀音相同。

《裴韻》:「勆,口八反。」《王三》:「勆,口滑反。」

反切下字「八」和「滑」在兩書中可系聯爲同一韻類,這兩個反切讀音相同。

4、元韻

去聲願韻 1 例

《裴韻》:「遠,于彭反。」《王三》:「遠,于万反。」

兩韻書中反切下字「彭」和「万」皆可系聯爲同一韻類字,以上兩個反切讀音相同。

效攝

1、蕭韻

去聲嘯韻 1 例

《裴韻》:「弔,多顤反。」《王三》:「弔,多髇反。」

這兩個小韻的反切下字「顤」、「髇」的反切相同,讀音相同。

2、宵韻

去聲笑韻 5 例

《裴韻》:「妙,彌召反。」《王三》:「妙,彌照反。」

這兩個小韻的反切下字「召」、「照」可系聯爲一類,被切字「妙」反切讀音相同。

《裴韻》:「燎,力召反。」《王三》:「燎,力照反。」

這兩個小韻的反切下字「召」、「照」可系聯爲一類,被切字「燎」反切讀音相同。

《裴韻》:「醮,子誚反。」《王三》:「醮,子肖反。」

以上兩個小韻的反切下字「誚」、「肖」可系聯為一類,被切字「醮」反切讀音相同。

《裴韻》:「陗,七肖反。」《王三》:「陗,七笑反。」

這兩個小韻的反切下字「肖」、「笑」可系聯為一類,被切字「陗」反切讀音相同。

《裴韻》:「邵,常照反。」《王三》:「邵,寔曜反。」

這兩個小韻的反切下字「照」、「曜」可系聯為一類,被切字「邵」反切讀音相同。

3、肴韻

去聲教韻4例

《裴韻》:「奅,匹豹反。」《王三》:「奅,匹皃反。」

《裴韻》:「靤,防教反。」《王三》:「靤,防孝反。」

《裴韻》:「教,古校反。」《王三》:「教,古孝反。」

《裴韻》:「靿,一豹反。」《王三》:「拗,乙罩反。」

以上四組小韻的反切下字「豹、皃、教、孝、罩」在《裴韻》和《王三》兩書中皆可系聯為同一韻類,其各組被切字反切讀音相同。

4、豪韻2例

《裴韻》:「騷,蘸遭反。」《王三》:「騷,蘇刀反。」

反切下字「遭」和「刀」可系聯為一類,上面兩個反切音同。

去聲號韻

《裴韻》:「耗,呼報反。」《王三》:「耗,呼到反。」

反切下字「報」和「到」可系聯為一類,上面兩個反切音同。

梗攝

1、庚韻

平聲庚韻2例

《裴韻》:「盲,武更反。」《王三》:「盲,武庚反。」

反切下字「更」和「庚」是同小韻字,反切相同,被切字小韻讀音也相同。

《裴韻》:「霙,於驚反。」《王三》:「霙,於京反。」

　　反切下字「驚」和「京」在兩書中是同小韻字，反切相同，被切字小韻讀音也相同。

去聲更韻 2 例

　　《裴韻》：「鋥，宅硬反。」《王三》：「鋥，宅鞕反。」

　　反切下字「硬」和「鞕」都是「五孟反」，同小韻，反切相同，被切字小韻讀音也相同。

　　《裴韻》：「敬，居命反。」《王三》：「敬，居孟反。」

　　反切下字「命」、「孟」在《裴韻》和《王三》中皆可系聯為一類，其被切字讀音一樣。

入聲格韻 8 例

　　《裴韻》：「拍，普伯反。」《王三》：「拍，普白反。」

　　《裴韻》：「蹃，女伯反。」《王三》：「蹃，女白反。」

　　《裴韻》：「白，傍陌反。」《王三》：「白，傍百反。」

　　《裴韻》：「陌，莫百反。」《王三》：「陌，莫白反。」

　　《裴韻》：「宅，瑒陌反。」《王三》：「宅，棖百反。」

　　《裴韻》：「額，五百反。」《王三》：「額，五陌反。」

　　《裴韻》：「嚇，胡百反。」《王三》：「嚇，胡伯反。」

　　《裴韻》：「韄，乙白反。」《王三》：「韄，乙百反。」

　　以上八組小韻，反切下字「伯、白、陌、百」在《裴韻》和《王三》中皆可系聯為一個韻類。各組被切字讀音相同。

2、耕韻

平聲耕韻 1 例

　　《裴韻》：「宏，戶呡反。」《王三》：「宏，戶萌反。」

　　在《裴韻》和《王三》中反切下字「呡」和「萌」反切相同，是同小韻字，其被切字小韻讀音相同。

3、清韻

平聲清韻 2 例

　　《裴韻》：「精，子情反。」《王三》：「精，子清反。」

在《裴韻》和《王三》中反切下字「情」和「清」可以系聯爲一類，其被切字小韻讀音相同。

《裴韻》：「傾，去盈反。」《王三》：「傾，去營反。」

《裴韻》和《王三》中反切下字「盈」和「營」可以系聯爲一類，其被切字小韻讀音相同。

上聲請韻 1 例

《裴韻》：「請，七靖反。」《王三》：「請，七靜反。」

《裴韻》請韻僅存此 1 個小韻，《切三》、《王三》、《廣韻》靖字都收在靜小韻，參考這三本韻書，本文暫將反切下字「靖」與「靜」看作同小韻，讀音相同，其被切字小韻讀音也相同。

去聲清韻 1 例

《裴韻》：「令，力政反。」《王三》：「令，力正反。」

反切下字「政」和「正」在《裴韻》和《王三》中皆是同小韻字，其被切字小韻讀音相同。

入聲昔韻 2 例

《裴韻》：「積，咨昔反。」《王三》：「積，資亦反。」

《裴韻》：「席，詳亦反。」《王三》：「席，詳昔反。」

以上兩組小韻反切下字「亦」和「昔」，在《裴韻》和《王三》中皆可系聯爲一類韻字，各組被切字讀音相同。

3、冥韻

平聲冥韻 1 例

《裴韻》：「鯖，於刑反。」《王三》：「鯖，於形反。」

反切下字「刑」和「形」在《裴韻》和《王三》中皆是「戶經反」，同小韻字，其被切字小韻讀音相同。

果攝

1、歌韻 16 例

《裴韻》：「婆，薄何反。」《王三》：「婆，薄波反。」

反切下字「何」和「波」在《裴韻》和《王三》中皆可系聯爲一類，被切字小韻讀音相同。

　　《裴韻》：「多，得何反。」《王三》：「多，得河反。」

　　《裴韻》：「蹉，七何反。」《王三》：「蹉，七河反。」

　　在《裴韻》和《王三》中反切下字「何」和「河」都是何小韻字。被切字小韻讀音相同。

　　《裴韻》：「莪，五哥反。」《王三》：「莪，五歌反。」

　　反切下字「哥」和「歌」在《裴韻》和《王三》中都是歌小韻字。被切字小韻讀音相同。

　　《裴韻》：「何，胡哥反。」《王三》：「何，韓柯反。」

　　反切下字「哥」和「柯」在《裴韻》和《王三》中都是歌小韻字。以上兩個反切讀音相同。

　　《裴韻》：「詫，吐禾反。」《王三》：「詫，吐和反。」

　　《裴韻》：「牠，徒禾反。」《王三》：「牠，徒和反。」

　　《裴韻》：「挼，奴禾反。」《王三》：「挼，奴和反。」

　　《裴韻》：「脞，倉禾反。」《王三》：「脞，倉和反。」

　　《裴韻》：「痤，昨禾反。」《王三》：「痤，昨和反。」

　　《裴韻》：「過，古禾反。」《王三》：「過，古和反。」

　　《裴韻》：「科，苦禾反。」《王三》：「科，苦和反。」

　　《裴韻》：「訛，五禾反。」《王三》：「訛，五和反。」

　　《裴韻》：「倭，烏禾反。」《王三》：「倭，烏和反。」

　　以上 9 組小韻，反切下字「禾」和「和」都是同小韻的字，讀音相同，各組小韻反切音同。

　　《裴韻》：「盉，胡戈反。」《王三》：「和，胡過反。」

　　反切下字「戈」和「過」在兩部書中都是同一小韻的字，反切相同，被切字讀音亦同。

　　《裴韻》：「佉，墟伽反。」《王三》：「呿，墟迦反。」

　　這兩個反切的反切下字「伽」和「迦」在《王三》可以系聯為一類，《裴韻》「伽」字缺反切，參照《王三》，暫將伽與迦看作韻類相同字，兩個反切讀音相同。

去聲箇韻 1 例

《裴韻》:「縭，魯臥反。」《王三》:「嬴，郎過反。」

反切下字「臥」和「過」在《裴韻》和《王三》裏皆可系聯爲一類，其被切字小韻讀音相同。

2、佳韻

平聲佳韻 1 例

《裴韻》:「蛙，烏蝸反。」《王三》:「蛙，烏緺反。」

反切下字「蝸」和「緺」在《裴韻》和《王三》裏皆可系聯爲一類，其被切字小韻讀音相同。

去聲懈韻 1 例

《裴韻》:「邂，胡懈反。」《王三》:「邂，胡薢反。」

反切下字「懈」、「薢」反切相同，都是「古隘反」，《裴韻》和《王三》被切字音同。

假攝

1、麻韻

平聲麻韻 2 例

《裴韻》:「査，市邪反。」《王三》:「査，才耶反。」

反切下字「耶」與「邪」同音，皆爲「以遮反」。兩個被切字的韻母相同。

《裴韻》:「鬖，莊華反。」《王三》:「鬖，莊花反。」

《裴韻》和《王三》中反切下字讀音皆爲「花，呼瓜反」，「華，戶花反」，兩個反切下字可以系聯爲一個韻類。被切字小韻的讀音相同。

去聲禡韻 2 例

《裴韻》:「亞，烏駕反。」《王三》:「亞，烏訝反。」

《裴韻》和《王三》反切下字皆作「駕，古訝」，「訝，吾駕」，兩個字韻類相同，被切字音同。

《裴韻》:「夜，以射反。」《王三》:「夜，以謝反。」

《裴韻》、《王三》中「射」與「夜」都是夜小韻字，「以射反」，「射」又音「神夜反」。「謝，似夜反」。「夜」、「射」、「謝」可以系聯爲一個韻類。兩書「夜」字同音。

深攝

1、侵韻

　　平聲侵韻 6 例

　　　　《裴韻》：「簪，側今反。」《王三》：「簪，側岑反。」

　　　　《裴韻》：「琴，渠今反。」《王三》：「琴，渠金反。」

　　　　《裴韻》：「歆，許今反。」《王三》：「歆，許金反。」

　　　　《裴韻》：「吟，魚今反。」《王三》：「吟，魚音反。」

　　　　《裴韻》：「音，於今反。」《王三》：「音，於吟反。」

　　　　《裴韻》：「岑，鋤簪反。」《王三》：「岑，鋤金反。」

　　　　《裴韻》、《王三》中的「今」、「簪」、「岑」、「金」、「音」、「吟」皆可系聯
為一個韻類。以上各組小韻被切字兩部韻書讀音相同。

　　去聲沁韻 1 例

　　　　《裴韻》：「鴆，直任反。」《王三》：「鴆，直妊反。」

　　　　反切下字「任」和「妊」在兩韻書中都是「妊」小韻字，反切讀音相同。

　　入聲緝韻 2 例

　　　　《裴韻》：「湇，丑入反。」《王三》：「湇，丑立反。」

　　　　《裴韻》：「執，之十反。」《王三》：「執，之入反。」

　　　　兩部韻書中，反切下字「入」、「立」、「十」可以系聯為一類，各組被注字
音同。

曾攝

1、蒸韻 3 例

　　去聲證韻

　　　　《裴韻》：「餕，里證反。」《王三》：「餕，里甑反。」

　　　　兩部韻書裏反切下字「證」、「甑」相同，皆作「證，諸應反」，「甑，子孕
反」，可以系聯為一個韻類字。被切字音同。

　　入聲職韻

　　　　《裴韻》：「逼，彼力反。」《王三》：「逼，彼側反。」

　　　　《裴韻》和《王三》中「側」的反切都是「阻力反」，與「逼」、「力」系聯
為一個韻類。這兩個反切讀音相同。

《裴韻》：「嶷，魚抑反。」《王三》：「嶷，魚力反。」

《裴韻》和《王三》中「抑」的反切都是「於棘反」，《廣韻》併入「憶，於力反」。「抑」、「棘」、「力」同韻類。

流攝

1、尤韻

平聲尤韻 6 例

《裴韻》：「輈，張畱反。」《王三》：「輈，張流反。」

反切下字「畱」和「流」同韻類。兩個小韻讀音相同。

《裴韻》：「抽，勑鳩反。」《王三》：「抽，勑周反。」

反切下字「鳩」和「周」同韻類。兩個小韻讀音相同。

《裴韻》：「搊，楚求反。」《王三》：「搊，楚尤反。」

反切下字「求」和「尤」同韻類。兩個小韻讀音相同。

《裴韻》：「周，職鳩反。」《王三》：「周，職流反。」

反切下字「鳩」和「流」同韻類。兩個小韻讀音相同。

《裴韻》：「牧，式周反。」《王三》：「收，式州反。」

反切下字「周」和「州」同韻類。兩個小韻讀音相同。

《裴韻》：「讎，市州反。」《王三》：「讎，市流反。」

反切下字「州」和「流」同韻類。兩個小韻讀音相同。

上聲有韻 3 例

《裴韻》：「肘，陟久反。」《王三》：「肘，陟柳反。」

《裴韻》：「紂，直久反。」《王三》：「紂，直柳反。」

《裴韻》：「朽，許九反。」《王三》：「朽，許久反。」

以上 3 組小韻，反切下字「久」、「九」、「柳」在兩書中韻類相同，各組小韻被切字讀音相同。

去聲宥韻 4 例

《裴韻》：「晝，陟又反。」《王三》：「晝，陟救反。」

《裴韻》：「胄，直又反。」《王三》：「胄，直祐反。」

《裴韻》：「糅，女救反。」《王三》：「糅，女宄反。」

《裴韻》：「岫，似殺反。」《王三》：「岫，似祐反。」

以上 4 組小韻，反切下字「又」、「救」、「究」、「祐」在兩部韻書中系聯爲
一個韻類，各組小韻被切字讀音相同。

2、侯韻

上聲厚韻 5 例

《裴韻》：「穀，乃后反。」《王三》：「穀，乃口反。」

《裴韻》：「耴，倉后反。」《王三》：「取，倉垢反。」

《裴韻》：「走，子厚反。」《王三》：「走，作口反。」

《裴韻》：「歐，烏厚反。」《王三》：「歐，烏口反。」

《裴韻》：「吼，呼猇反。」《王三》：「吼，呼后反。」

以上 5 組小韻，反切下字「后」、「口」、「厚」、「猇」、「垢」在《裴韻》和
《王三》兩書中都系聯爲一個韻類。各組小韻被切字讀音相同。

咸攝

1、鹽韻 2 例

去聲艷韻

《裴韻》：「覘，勑艷反。」《王三》：「覘，丑厭反。」

在《裴韻》和《王三》兩書中，「厭」皆作「於艷反」，可以與「艷」系聯
爲一類。以上兩個小韻讀音相同。

入聲葉韻

《裴韻》：「輒，陟葉反。」《王三》：「輒，陟涉反。」

在《裴韻》和《王三》兩書中，反切下字「葉」、「涉」皆可系聯爲一個韻
類，其被切字讀音相同。

2、添韻

上聲忝韻 1 例

《裴韻》：「䫻，下忝反。」《王三》：「䫻，下點反。」

《裴韻》和《王三》兩書中，反切下字「忝」、「點」皆可系聯爲一個韻類，
其被切字讀音相同。

去聲栝韻 1 例

《裴韻》：「傔，苦念反。」《王三》：「傔，苦僭反。」

《裴韻》和《王三》兩書中，反切下字「僭」皆作「子念反」，可以和「念」系聯爲同一韻類。以上兩個反切同音。

入聲怗韻 1 例

《裴韻》：「耴，丁協反。」《王三》：「耴，丁篋反。」

在《裴韻》和《王三》兩書中，反切下字「篋」都是「苦協反」，可以跟「協」系聯爲一類，這兩個反切讀音相同。

4、覃韻

平聲覃韻 3 例

《裴韻》：「覃，徒含反。」《王三》：「覃，徒南反。」

《裴韻》：「儑，五南反。」《王三》：「儑，五含反。」

《裴韻》：「含，胡男反。」《王三》：「含，胡南反。」

以上 3 組小韻的反切下字「含」、「南」、「男」在兩部韻書中都系聯爲一個韻類，各組反切被切字音同。

入聲合韻 5 例

《裴韻》：「錔，他合反。」《王三》：「錔，他閤反。」

《裴韻》：「趿，蘇合反。」《王三》：「趿，蘇荅反。」

《裴韻》：「閤，古荅反。」《王三》：「閤，古沓反。」

《裴韻》：「欱，呼荅反。」《王三》：「欱，呼合反。」

《裴韻》：「合，胡荅反。」《王三》：「合，胡閤反。」

以上 5 組小韻的反切下字「合」、「荅」、「閤」「沓」在兩部韻書中都系聯爲一個韻類，各組反切被切字音同。

5、嚴韻

去聲嚴韻 1 例

《裴韻》：「嚴，魚欠反。」《王三》：「嚴，魚淹反。」

《王三》反切下字「淹」爲「於劍反」，和「劍」類字系聯爲一類。《裴韻》的去聲嚴韻無「淹」字，反切下字「欠」爲「去劍反」，可以和「劍」類字系

聯為一類。參照《王三》，把反切下字「欠」和「淹」看作韻類相同的字。其被
切字小韻讀音相同。

入聲業韻 1 例

《裴韻》:「腌，於刦反。」《王三》:「腌，於業反。」

《裴韻》和《王三》反切下字「刦」和「業」皆作「刦，居怯反」，「業，
魚怯反」。可系聯為一個韻類。其被切字讀音相同。

6.2 《裴韻》和《王三》韻類和反切下字比較表

說明：

1. 本表展示《裴韻》和《王三》韻類的異同；

2. 本表展示《裴韻》和《王三》反切下字的異同；

3. 本表展示《裴韻》和《王三》反切下字用字情形（即用於小韻反切的情
形）的異同；

4. 反切下字後面注明該反切下字出現的次數，其後是該字的反切，省略
「反」字。異體字之間用「／」隔開，如公古紅＝公，古紅反。

通 攝	《裴韻》	《王三》
東一	公 1 古紅　功 1 古紅　紅 11 胡籠 籠 1 力鍾　同 1 徒紅	公 1 古紅　紅 13 胡籠　籠 1 盧紅
東丑	隆 16 力中　中 3 陟仲	隆 15 力中　中 3 陟隆
董一	董 1 多動　動 3 徒孔　孔 9 康董 惣 1 作孔	董 2 多動　動 2 徒揔　孔 6 康董 揔 2 作孔　蠓 1 莫孔
凍一	凍 1 多貢　諷 3 方鳳　鳳 1 馮貢 貢 7 古送　弄 6 盧貢　送 1 蘓弄	凍 1 多貢　貢 5 古送　弄 6 盧貢 送 1 蘓弄
凍丑	仲 6 直眾　眾 1 之仲	仲 6 直眾　眾 1 之仲／諷 2 方鳳 貢 1 古送
屋一	谷 7 古鹿　鹿 1 盧谷　木 8 莫卜 卜 1 博木	谷 7 古鹿　鹿 1 盧谷　木 8 莫卜 卜 1 博木
屋丑	六 18 力竹　竹 3 陟六　逐 2 直六 伏 1 房六　育 2 与逐　目 1 莫六	六 16 力竹　竹 5 陟六　逐 2 直六 伏 1 房六　育 1 与逐　目 1 莫六
冬一	冬 5 都宗　宗 3 作琮　琮 1 在宗	冬 4 都宗　宗 3 作琮　琮 1 在宗
鍾丑	容 17 餘封　鍾 1 職容　封 1 府容 凶 1 許容／恭 3 駒冬　娑 1 子紅	容 19 餘封　鍾 1 職容　封 1 府容 凶 1 許容／恭 1 駒冬　冬 都宗

腫一	奉 1 扶隴　恭 1 駒冬	湩 1 都隴　隴 1 力奉
腫丑	隴 11 力奉　奉 2 扶隴　宂 1 而隴 勇 2 餘隴　冢 1 知隴／悚 1 息拱 拱 1 居悚	隴 11 力奉　奉 2 扶隴　宂 1 而隴 悚 1 息拱　拱 2 居悚　勇 1 餘隴 冢 1 知隴
宋一	統 1 他宋　宋 2 蘓統	統 1 他宋　宋 3 蘓統　綜 1 子宋
種丑	用 13 余共　共 1 渠用　巷 1 胡降	用 15 余共　共 1 渠用
燭丑	欲 2 余蜀　玉 13 語欲　蜀 3 市玉 囑 1 之欲　曲 1 起玉　録 2 力玉	欲 2 余蜀　玉 13 語欲　蜀 3 市玉 曲 1 起玉　録 2 力玉　足即玉
沃一	酷 2 苦沃　沃 8 烏酷　毒 1 徒沃 薦 1 篤 1 多毒	酷 2 苦沃　沃 6 烏酷　毒 1 徒沃 篤 2 多毒

江　攝	《裴韻》	《王三》
江二	江 14 古雙　雙 1 所江	江 14 古雙　雙 1 所江
講二	講 1 古項　項 3 胡講　朗 1 盧黨	講 1 古項　項 4 胡講
絳二	巷 2 胡降　降 6 古巷	巷 2 胡降　降 5 古巷
覺二	角 18 古岳　嶽 1 五角	角 18 古岳　嶽 1 五角

宕　攝	《裴韻》	《王三》
唐一開	對 1　剄 1 古郎　當 1 都唐　光 1 古黃 郎 12 魯唐　唐 1 徒郎	郎 12 魯當　當 2 都郎　岡崗 2 古郎 ／光古皇　旁 1 步光
唐一合	光 4 古黃　黃 1 胡光	光 4 古皇　黃 1 胡光
蕩一開	黨 1 德朗　郎 1 魯唐　朗 16 盧黨	朗 14 盧堂　黨 1 德朗
蕩一合	廣 1 古晃　晃 2 胡廣	廣 1 古晃　晃 3 胡廣
宕一開	宕 1 杜浪　浪 14 郎宕　榔 1 剛浪	宕 1 杜浪　浪 12 郎宕　盎 1 於浪 曠 1 苦浪
宕一合	謗 1 補浪　曠 1 苦謗　浪 1 郎宕	浪 3 郎宕　光 1 古皇
鐸一開	各 16 古洛　洛 1 盧各　落 1 盧各	各 16 古落　洛 1 盧各　落 1 盧各
鐸一合	博 1 補各　郭 4 古博	博 1 補各　郭 4 古博
陽丑開	莊 1 側良　方 3 府良　良 19 呂張 羊 5 与章　張 1 陟良　章 1 諸良	莊 1 側羊　方 3 府長　良 16 呂張 羊 4 陽 1 与章　張 1 陟良　章 1 諸良 將 1 即良
陽丑合	方 1 府良　王 2 雨方	方 1 府長　王 2 雨方
養丑開	奬 1 即兩　兩 18 良奬　上 1 時掌 掌 1 職兩　丈 1 直兩	奬 1 即兩　兩 21 力奬　掌 1 職兩
養丑合	昉 1 方兩　往 1 王兩　兩 3 良奬	昉 1 方兩　往 1 王兩　兩 1 呂張 罔 1 文兩

漾丑開	亮18力讓　讓1如仗　放1府妄 妄1武放　向3許亮　仗1直亮	亮22力讓　讓1如狀　狀1鋤亮 放1府妄　妄1武放　向1許亮 浪1郎宕
漾丑合	放1府妄　妄1武放	放2府妄　忘1武放 /妨1敷亮
藥丑開	灼7之略　略6離灼　約3抝略 若1而灼　雀2即略　虐1魚約	灼5之藥　略7離約　約3於略 若1而灼　爵1雀1即略　虐1魚約 藥2以灼 /攫1居縛
藥丑合	縛4苻攫　籰1王縛　攫1居縛	縛4苻攫　籰1王縛

止　攝	《裴韻》	《王三》
支A開	卑1必移　移11弋支　支5章移 爲1蘢支　知2陟移 /皮1符羈 宜2魚羈	移10弋支　支7章移　知2陟移 / 宜2魚羈
支B開	離1呂移 /奇1渠羈　羈5居宜 宜1魚羈　爲2蘢支	離1呂移 /宜1魚羈　奇1渠羈 羈5居宜
支A合	規1居隨　隨3旬爲　垂6是爲 規2居隨　危1魚爲　爲5蘢支	隨3旬爲　爲5蘢支　垂4是爲 危1魚爲
支B合	爲4蘢支　萎1抝爲　支1章移	爲5蘢支　支1章移
紙A開	穎9丞紙　紙2諸氏　尔3兒氏 婢3避尔　此1雌氏　豸1池尔 侈1尺氏 /綺1墟彼	婢3便俾　俾1卑婢 /氏7是1丞紙 侈1尺爾　豸1池尔　爾4兒氏 紙2諸氏 /綺1墟彼
紙B開	彼3卑被　被1皮彼　綺4墟彼 靡1文彼 /徛1渠倚	倚2於綺　綺3墟彼　彼3補靡 靡2文彼
紙A合	髓1息委　捶2之累　委4抝詭 累1力委 /弭1民婢婢1避尔	委4於詭　捶2之累　累1力委 髓1息委 /弭1彌婢　婢1便俾
紙B合	委4抝詭　毀1許委　累1力委 詭1居委	委4於詭　詭1居委　毀1許委 累1力委
寘A開	賜2斯義　寄1居義　義8宜寄 智5知義	企1去智　智5知義　義7宜寄 賜1斯義　豉3是義　伎1支義
寘B開	豉2是義　寄2居義　義7宜寄	義6宜寄　寄3居義
寘A合	瑞1是僞　睡3是僞　僞3危賜 / 避1婢義　恚1抝避	瑞1是爲　僞3危賜　累2贏僞 睡3是僞 /恚2於避　避1婢義
寘B合	賜1斯義　僞4危賜	僞3危賜　賜1斯義
脂A開	尼1女脂　私2息脂　伊1抝脂 夷2以脂　脂12旨夷	夷3以脂　脂11旨夷　私2息脂 尼1女脂
脂B開	悲3府眉　眉1武悲 /肥1居脂 脂2旨夷	眉1武悲　悲3府眉 /脂2旨夷 肌1居脂

脂A合	遺1以隹　綏1息遺　惟1以隹 維1以隹　隹6職追　追4陟隹	追3陟隹　隹6職維 唯1維2遺1以隹
脂B合	追3陟隹	追3陟隹
旨A開	几3居履　履3力己　雉1直几 姊2將几／視1承旨　旨1職雉	履4力几　几4居履　姊2將几 雉1直几／旨1職雉　視1承旨
旨B開	几2居履　履2力己／鄙3八美 美1無鄙	几2居履　履1力己／鄙3方美 美1無鄙
旨A合	軌2居美　癸1居履　誄1力軌 壘1力軌　水2式軌	軌2居洧　癸2居誄　誄2力軌 水2式軌　壘1蘽1力軌
旨B合	軌1居美　美2無鄙	軌1居洧　洧1榮美　美1無鄙
至A開	鼻1毗志　二3而至　利8力至 四3息利　至4旨利　志2之吏	至6旨利　鼻1毗四　四4息利 利10力至　二2而至
至B開	冀1几利　利2力至　器3去冀／ 媚1美秘　秘2鄙媚　俻1平秘	利2力至　冀1几利　器3去冀／ 祕1秘1鄙媚　媚1美秘　備1平秘
至A合	類3力遂　領1疾醉　季1癸悸 悸1其器　淚1力遂　遂3徐醉 醉4將遂／鼻1毗志	季2癸悸　悸1其季　遂3徐醉 領1疾醉　類3力遂　醉4將遂
至B合	冀1几利　愧1軌位　位3洧冀	愧1軌位　位3洧冀　冀1几利
之丑開	而1如之　之5止而　基1　茲1 治1直吏	茲2子慈　慈1疾之　基1居之 其3渠之　之12止而　而1如之 持2直之　淄1側持
止丑開	使1疏士　里11良士　似2詳里 士2鋤里　豈3氣里　已1紀3居似 擬1魚紀／市1時止　止4諸市	史1疏士　李1里10良士　士2鋤里 ／擬1魚紀　紀3居以　以1羊止 止4諸市　市1時止
志丑開	志1之吏　吏17力置　置2陟吏 記2居吏　既2居未	志1之吏　吏17力置　置2陟吏 記4居吏
微子開		肥1符非　非3匪肥　機3居希 希2虛機
微子合	非1	歸1俱韋　韋3王非　非2匪肥
尾子開	狶1虛豈　匪1非尾　尾2無匪 里1良士	尾2無匪　鬼1居偉　匪1非尾 豈3氣狶　狶2希豈
尾子合	鬼2居韋　韋2韋鬼	鬼2居偉　偉2韋鬼
未子開	既4居未　沸2符謂　未1無沸	既4居未　謂1云貴　未1無沸 味1無沸　沸2府謂
未子合	貴3居謂　畏1於胃　胃1云貴 謂2云貴	畏1於謂　謂2云貴　貴3居謂

遇　攝	《裴韻》	《王三》
模一	胡 1	烏 1 哀都　都 2 丁姑　姑 2 孤 1 古胡 胡 11 戶吳　吳 1 吾 1 五胡
姥一	補 1 博戶　古 14 姑戶　戶 4 胡古	補 1 博古　杜 1 徒古　古 15 姑戶 戶 1 胡古
暮一	故 16 古慕　慕 1 莫故	故 16 古暮　暮 1 莫故
虞丑	俱 1	扶 1 附夫　夫 2 甫于　于 4 羽俱 俱 7 舉隅　隅 1 禺 1 虞 1 語俱 朱 8 止俱／輸式舉　俞 1 羊朱
麌丑	庾 3 以主　矩 4 俱羽　武 2 無主 宇 1 雨 1 于矩　羽 2 于矩　主 10 之庾	武 2 無主　主 10 之庾　庾 2 以主／ 矩 4 俱羽　羽 2 雨 1 于矩
遇丑	孺 1 而遇　付 1 府遇　句 7 俱遇 具 1 其遇　戍 1 傷遇　樹 1 殊遇 遇 14 虞樹　注 1 陟句	注 1 之戍　戍 1 傷遇　孺 1 而遇 句 7 俱遇　遇 14 虞樹　樹 1 殊遇
魚丑	居 1	余 2 与魚　魚 19 語居　居 2 舉魚
語丑	筥 1 居許　舉 7 居許　呂 9 力舉 宁 1 除呂　許 2 虛舉　与 7 余舉	与 8 余筥　筥 1 莒 1 舉 5 居許 許 2 虛呂　呂 10 力舉
御丑	擄 18 居御　慮 3 力擄　呿 1 卻擄 御 1 於既	據 17 居御　御 1 魚據　去 1 卻據 慮 3 力據

蟹　攝	《裴韻》	《王三》
齊丑開		西 1 素雞　兮 1 胡雞
齊四開	斳 1	迷 1 莫奚　黎 1 落奚　奚 3 稽 7 胡雞 雞 5 稽 1 古嵇　低 1 當嵇
齊四合		圭 3 古攜　攜 2 戶圭
薺四開	弟 1 徒礼　礼 13 盧啟　米 1 莫礼 啟 1 康礼	弟 1 徒礼　礼 2 盧啟　米 2 莫礼 啟 1 康礼　體 1 他礼
霽四開	帝 1 都計　計 13 古詣　戾 2 魯帝 細 1 蘇計　詣 2 五計	計 16 古詣　詣 1 五計　帝 1 都計 細 1 蘇計
霽四合	桂 1 古惠　惠 2 胡桂	桂 1 古惠　惠 2 胡桂
祭 A 開	祭 2 子例　例 5 力滯　世 1 舒制 制 4 職例　滯 1 直例／弊 1 毗祭 袂 1 弥弊	蔽 1 必袂　袂 1 弥弊／祭 2 子例 制 5 職例　例 5 力制　勢 1 舒制
祭 B 開	劓 1 居例　例 3 力滯　憩 1 去例	劓 1 居例　例 2 屬 1 力滯　憩 1 去例
祭 A 合	銳 1 此芮　芮 7 而銳　芮 1 而銳 歲 2 相芮　衛 1 羽歲	歲 2 相芮　銳 1 以芮　芮 8 而銳／ 衛 1 爲劇
祭 B 合	歲 1 相芮　衛 1 羽歲	衛 1 爲劇　劇 1 居衛

泰一開	大2徒盖　帶1都盖　盖10古太 太1他盖　外1吾會	帶1都盖　蓋13古太　大1徒蓋 艾1五蓋
泰一合	帶1都盖　兊1杜會　會4黃帶 外5吾會	帶1徒蓋　兊1杜會　會5黃帶 外6吾會
皆二開	諧1	皆9古諧　諧2戶皆
皆二合		懷2淮1戶乖　乖2古懷
駭二開	揩1苦駭　駭4乎揩	楷1苦駭　駭4諧楷
界二開	拜3博恠　戒1古拜　屆1古拜 界8古拜　佸1古壞	怪1古壞　介1界7古拜　拜4博怪
界二合	拜2博恠　壞1胡恠　佸1古壞	怪2古壞　懷2胡怪　拜1博怪
夬二開	邁2苦話　界4古拜	芥4古邁　邁2莫話　話1下快
夬二合	夬4古邁　話1下快　快1苦夬 邁1苦話	夬4古邁　邁1莫話　快1苦夬
廢子開	肺1芳廢　廢1方肺	肺2芳廢　廢2方肺
廢子合	肺1芳廢　廢1方肺　癈1方肺 穢2扲肺	肺1芳廢　穢2於肺　吠1符廢
灰一合	恢1	杯1盃1布回　回12迴1戶恢 恢4苦回
賄一合	賄2呼猥　猥5鳥賄　罪9徂賄	賄2呼猥　猥5鳥賄　罪8徂賄
誨一合	背1補配　對8都佩　續1胡對 出1苦對　內2奴對　佩4薄背 配1普佩　碎1蘇對	碎1蘇對　續2胡對　對9都佩 佩3薄背　背1補配　配1普佩
臺一開	來1	來10落哀　哀4鳥開　才1昨來 開1苦哀
待一開	改4古亥　亥5胡改　愷1　乃1奴亥 宰1　待1徒亥	亥7胡改　改4古亥　宰2作亥 乃1奴亥　殆1徒亥
代一開	愛3烏代　礙1五愛　代10徒戴 戴1都代	愛3烏代　礙1五愛　代10徒戴 戴1都代

臻　攝	《裴韻》	《王三》
真A開	鄰1	鄰15力珍　賓1必鄰　人1如鄰 珍3陟鄰　真1職鄰
真B開		巾6居鄰　鄰1力珍　珍1陟鄰
真A合		屯2陟倫　倫7力屯　旬1詳遵 匀1羊倫　均1居春　遵1將倫 脣1食倫　純1常倫　春1昌脣
真B合		麀1居筠　筠1王麀　倫2力屯

軫 A 開	盡 1 慈忍　忍 11 而引　腎 1 時忍　引 1 余軫　軫 2 之忍	忍 8 而軫　軫 1 軫 2 之忍　盡 1 慈引　引 2 余軫 / 謹 1 居隱
軫 B 開	殞 1 于閔 / 忍 2 而引	引 2 于軫 / 殞 1 于閔
軫 A 合	尹 6 余准　准 1 之尹	尹 7 余准　准 1 之尹
軫 B 合	殞 3 于閔　閔 1 眉殞	殞 1 隕 2 于閔　閔 1 眉殞
震 A 開	晉 2 即刃　進 2 即刃　覲 1 渠遴　刃 13 而進　燼 1 疾刃	刃 13 而晉　晉 4 即刃　遴 1 力晉
震 B 開	覲 1 渠遴　遴 1 力進	覲 2 渠遴　遴 1 力晉
震 A 合	峻 1 私閏　閏 5 如舜　舜 1 舒閏	峻 2 私閏　閏 5 如舜　舜 1 施閏
震 B 合		韻 1 爲捃　捃 1 居韻
質 A 開	吉 1 吉 3 居質　必 2 卑吉　栗 3 力質　七 1 親悉　日 2 人質　悉 3 息七　質 9 之日 / 乙 1 扐筆	必 2 比蜜　蜜 1 無必 / 逸 1 夷質　吉 3 居質　質 8 之日　栗 4 力質　悉 2 息七　七 1 親日　日 2 人質　逸 1 夷質 / 乙 2 於筆
質 B 開	筆 3 鄙密　密 1 美筆　乙 2 扐筆	筆 3 鄙密　密 1 美筆　乙 2 於筆
質 A 合	蜜 1 民必 / 邮 2 辛律　律 7 呂邮　恤 1 辛律　聿 5 餘律	蜜 1 無必 / 聿 5 余律　卹 2 辛聿　律 5 呂邮　恤 1 辛律　出 2 尺律
質 B 合		律 1 呂邮　筆 1 鄙密
臻 A 開	詵 1	詵 1 所臻　臻 2 側詵
櫛 A 開	瑟 1 所櫛　櫛 1 阻瑟	瑟 1 所櫛　櫛 1 阻瑟
文子合	分 1	分 3 府文　文 1 武分　云 5 王分
吻子合	粉 3 方吻　吻 3 武粉	粉 4 方吻　吻 3 武粉
問子合	問 5 無運　運 4 云問	問 5 無運　運 4 云問
物子合	弗 2 分物　屈 1 區勿　勿 7 物 2 無弗	弗 1 分勿　佛 1 符弗　勿 3 物 5 無弗
斤子開	圻 1	斤 4 舉忻　忻 1 許斤
謹子開	隱 1	謹 4 居隱　隱 1 於謹　近 1 其謹
靳子開	靳 4 居焮　焮 1 許靳	靳 4 居焮　焮 1 許靳
訖子開	乞 1 去訖　氣 2 去訖　訖 2 居乞　轙 1 許訖	乞 2 去訖　訖 2 居乞　迄 2 許訖
登一開	滕 1	崩 1 北騰　騰 1 滕 2 徒登　稜 1 盧登　恒 1 胡登　登 6 都滕　曾 1 作滕
登一合		弘 2 胡肱　肱 1 古弘
等一開	肯 1	等 2 多肯　肯 1 苦等
嶝一開	鄧 5 徒亙　磴 1 都鄧　亙 2 古鄧　贈 1 昨磴	鄧 4 徒亙　嶝 1 都鄧　亙 3 古嶝　贈 2 昨亙　蹭 1 七贈
德一開	則 4 子得　得 1 多則　德 4 多則　黑 1 呼德 / 墨 1 莫北　北 3 博墨	德 4 多特　特 1 徒德　則 3 即勒　勒 1 盧德 / 北 3 波墨　墨 2 莫北

德一合	國1古或　或1胡國	國1古或　或1胡國
寒一開	安1	幹6古寒　單1都寒　安1烏寒
旱一開	滿1	但2徒旱　稈1各旱　旱7何滿 滿1莫旱
翰一開	按1烏旦　粲1七旦　旦12丹按	旦10得案　案1烏旦　幹1古旦 粲1倉旦／半2博漫
翰一合	段7徒玩　亂3洛段　玩1五段 筭1蘇段	段7徒玩　亂4洛段　玩1鄻1五段 筭1蘇段　煥1胡段
褐一開	撥1博末　達4陁割　割5古達 葛6古達　末2莫曷　撥1博末	曷2胡葛　葛2割7古達　達3陁割 末1莫割
褐一合	活6戶括　括7古活	活7戶括　括6古活／撥1博末 末1莫割　割1古達
魂一合	昆1	昆11古渾　渾4戶昆　尊2即昆 奔1博昆
混一合	本1	本11布忖　忖1倉本　損2蘇本
慁一合	寸1七困　鈍1徒困　困10苦悶 悶3莫困	寸1七困　鈍1徒困　困10苦悶 悶1莫困
紇一合	骨6古忽　忽2呼骨／沒11莫勃 勃1蒲沒	骨5古忽　忽4呼骨／沒9莫勃 勃1蒲沒
痕一開	恩1	根2古痕　痕2戶恩　恩1烏痕
很一開	墾1	很2痕墾　墾1康很
恨一開	艮1古恨　恨3戶艮	恨2胡艮　艮1古恨
先四開		田1徒賢　憐1路賢　賢8胡千 千1倉先　前4昨先　先2蘇前／ 玄1胡涓
銑四開	典1	殄1徒典　典9多繭　繭3古典
霰四開	電1堂見　見15堅電	見17古電　電1堂見
霰四合	縣3玄絢　絢1許縣	縣3黃練　練1落見
屑四開	結18古屑　篾1莫結　屑1先結	結17古屑　篾1莫結　屑1先結
屑四合	決1古穴　玦1古穴　穴3胡玦	決2古穴　玦1古穴　穴2胡玦
仙A開		連10力延　便1房連　然3如延 延4以然　仙2相然
仙B開		延1以然　焉1於乾　乾2渠焉
仙A合		緣12与專　專2職緣　泉1聚緣 宣1須緣　員1王權　川1昌緣
仙B合		員3王權　權2巨員

獮 A 開	淺 1	淺 2 七演　緬 1 無充　展 1 知演 輦 1 力演　善 7 常演　兗 1 以轉 踐 1 疾演
獮 B 開		免 1 亡辯　蹇 3 居輦　辯 1 符蹇 輦 2 力演
獮 A 合		兗 12 以轉　免 1 亡辯　轉 1 陟兗
獮 B 合		篆 1 持兗　轉 1 陟兗
線 A 開	便 1 / 箭 2 子賤　賤 1 在線　扇 1 式戰 線 1 私箭 / 膳 1 市戰　戰 4 之膳 / / 彦 1 魚變	箭 2 子賤　線 2 私箭 / 面 2 彌戰 戰 5 之膳　扇 1 式戰 / 彦 1 魚變
線 B 開	變 2 彼眷　眷 1 居倦　扇 1 式戰	變 2 彼眷　眷 1 居倦　扇 1 式戰
線 A 合	便 1　選 2 息便 / 釧 1 尺絹　卷 1 居倦 眷 1 居倦　絹 3 古掾　戀 4 力卷 掾 1 以絹	釧 1 尺絹　卷 1 眷 1 居倦　絹 4 吉掾 戀 3 力卷　選 2 息絹　掾 1 以絹 囀 1 知戀
線 B 合	卷 1 眷 1 居倦　倦 1 渠卷	卷 1 眷 1 居倦　倦 1 渠卷　弁 1 皮變
薛 A 開	別 1 憑列　列 16 呂薛　滅 1 亡列 熱 2 如列　薛 1 私列	別 2 皮列　列 12 呂薛　滅 1 亡列 熱 1 如列　薛 1 私列
薛 B 開	別 1 憑列　竭 1 渠列　列 5 呂薛	竭 1 渠列　烈 1 列 5 呂薛
薛 A 合	惙 1 陟劣　劣 6 力惙 / 絕 3 情雪 雪 7 相絕　悅 2 翼雪	惙 1 陟劣　劣 6 力惙 / 絕 3 情雪 爇 1 如雪　雪 7 相絕　悅 2 翼雪
薛 B 合	劣 2 力惙	劣 2 力惙
刪二開		姦 2 古顏　顏 1 五姦　還 2 胡關 班 1 布還
刪二合		還 3 胡關　關 3 古還
潸二開	板 1	板 10 布綰
潸二合		綰 1 烏版　版 1 布綰
訕二開	患 2 胡慣　澗 1 古晏　諫 1 古晏 晏 6 烏澗　鴈 1 五晏	晏 5 烏澗　患 1 胡慣　鴈 1 五晏 諫 1 古晏　澗 1 古晏
訕二合	慣 1 古患　患 3 胡慣	慣 1 古患　患 5 胡慣
鎋二開	頒 1 丑刮　刮 2 古頒　瞎 1 許鎋 鎋 11 胡瞎	鎋 10 胡瞎　瞎 1 許鎋
鎋二合	刮 4 古頒	刮 6 古頒　頒 1 丑刮
山二開		閒 6 胡山　閒 4 古閒　山 2 所閒
山二合		鰥 2 古頑　頑 2 吳鰥
產二開	簡 1	限 7 胡簡　簡 2 古限
襉二開	辦 1 薄莧　莧 6 侯辦	莧 6 侯辦　辦 1 薄莧
襉二合	辦 1 薄莧	辦 1 薄莧　盼 1 匹莧

點二開	八10博拔　拔1蒲撥　滑1戶八 點2胡八	八8博拔　拔1蒲八　點3胡八
點二合	八3博拔　滑4戶八	滑5戶八　八3博拔
元子開		言5語軒　軒1盧言　煩1附袁 袁2章元
元子合		袁3章元　元1愚袁
阮子開		遠3雲晚　偃5於幰　幰1盧偃
阮子合	遠1	遠1雲晚　晚3無遠　阮2虞遠
願子開	販1方願　建3居万　願1魚怨 万3無販	販1方怨　万3無販　怨1於願 建3居万　堰1於建
願子合	怨1扵願　勸1去願　願4魚怨／ 万1無販	願2魚怨　万2無販　怨1於願 勸1去願
月子開	歇1許謁　謁3扵歇／伐1房越	伐2房越　謁4扵歇　歇1許謁
月子合	發1方月　厥1居月　月6魚厥／ 越1王伐　伐1房越	月5魚厥　厥1居月／伐1房越
蕭四		聊4落蕭　彫2都聊　堯2五聊 幺1於堯　蕭1蘇彫
篠四	鳥1	皎2古了　了5盧鳥　鳥5都了
嘯四	弔10多嘯　嘯1蘸弔	弔9多膹　膹1蘇弔　叫1古弔
小A	兆1	小7私兆　沼6之少　兆2直小 紹1市沼
小B		小1私兆　矯1居沼　兆1直小 表1方矯　沼1之少
笑A	笑6私妙　妙1弥召　照1之笑 召7持笑　肖1私妙　誚1才笑	肖1笑7私妙　妙2彌照　召6直笑 照2之笑　要2於笑　曜1弋笑
笑B	廟2眉召　召1持笑	廟2眉召　召1直笑
肴二	交5　爻1	交13古肴　肴2胡茅　茅1莫交
絞二	巧1	巧7苦絞　飽1博巧　絞4古巧
教二	校1古校　豹2博教　教12古校 孝1呼教　効1胡教	教12古孝　皃1莫教　孝2呼教 稍1所教　罩1丁教　効1胡教
豪一	襃1博毛　曹1昨勞　刀6都勞 高2古勞　勞6盧刀　毛1莫袍 袍1薄襃　遭1作曹	毛1莫袍　襃1博毛　袍1薄襃／ 勞5盧刀　高2古勞　曹1昨勞 刀7都勞
晧一	老1	掃1蘇晧　晧1浩　浩10胡老　老3盧浩 早1子浩　道1徒浩　抱1薄浩
號一	報3博耗　導1徒到　到11都導 耗1呼報	到14都導　導1徒到　耗1呼到 報2博耗

庚子開	兵2補榮　京3舉卿　驚1舉卿　卿1去京　榮1永兵	榮1永兵　京4舉卿　兵2補榮　卿1去京
庚子合	兵1補榮　榮1永兵	兵1補榮　榮1永兵
庚二開	更1庚10古行　京1舉卿　盲2武更　行1戶庚	庚11古行　京1舉卿　盲2武庚　行1戶庚
庚二合	橫2胡盲　盲1武更	橫2胡盲　盲1武更
梗二開	杏1	杏4何梗　冷1魯打　打1德冷　梗2古杏　景1几影
梗二開		猛2莫杏
梗子開		永2榮丙　影1於丙　丙1兵永
梗子合		永1榮丙　丙1兵永
更子開	病1被敬　敬3居命　命1眉映　映1拎敬　映1鳥朗（蕩韻）	病1皮敬　敬3居命　孟1莫鞭　映2於敬　更1古孟
更子合	柄1鄙病	柄1彼病
更二開	敬1居命　孟5莫鞭　鞭1五孟　硬1五孟	孟7莫鞭　鞭2五孟　敬1居孟　更1古孟
更二合	孟1莫鞭	孟1莫鞭
格子開	戟2几劇　送2宜戟　陌1莫百　劇1奇送	戟2几劇　逆1宜戟　劇1奇逆　郤1綺戟　碧1逋逆
格子合	白1傍陌	陌1莫白　百1博白
格二開	戟2几劇　白2傍陌　百3博白　伯4博白　格4古陌　陌7莫百	白4傍百　百2博白　陌6莫白　格4古陌　戟2几劇
格二合	虢1古伯	虢1古伯　伯3博白
耕二開	耕6古莖　莖7戶耕　萌2莫耕	耕6古莖　莖7戶耕　萌2莫耕
耕二合	宏2戶甿　甿1莫耕	宏1戶甿　萌1莫耕
耿二開	幸1	幸4胡耿　耿1古幸
諍二開	迸1北諍　諍2側迸	諍側迸　迸3北諍
隔二開	厄1烏革　革10古核　核1下革　獲1胡麥　麥1莫獲　責1側革	厄1戹1烏革　革8古核　核1下革　獲1胡麥　麥1莫獲　責1側革
隔二合	獲1胡麥　麥2莫獲	獲1胡麥　麥2莫獲
清丑開	並1府盈　成2市征　精1子情　情1疾盈　盈8以成　營1余傾　貞3陟盈　征1諸盈	並1府盈　成2市征　精1子情　清1七精　盈8以成　營1余傾　貞3陟盈　征1諸盈
清丑合	傾1去盈　盈1以成　營2余傾	傾1去盈　營3余傾
請丑開	靖1	郢9以整　井3子郢　靜1疾郢　整1之郢
請丑合		頃1去穎　穎1餘頃

清丑開	令 1 力政　盛 2 承政　正 4 政 7 之盛 鄭 1 直正　響 1 匹正	政 7 正 3 之盛　盛 2 承政　性 1 息正 鄭 1 直政　聘 1 匹政
清丑合	政 1 之盛	政 1 之盛
昔丑開	辟 1 必益　迹 1 積 1 咨昔　昔 3 私積 亦 3 羊益　益 3 伊昔 / 隻 1 炙 1 之石 石 2 常尺　尺 2 昌石	辟 1 必益　積 1 迹 1 資亦　昔 3 私積 亦 3 羊益　益 4 伊昔 / 隻 1 炙 1 之石 尺 2 昌石　石 2 常尺
昔丑合	役 1 營隻　隻 1 之石	役 1 營隻　隻 1 之石
冥四開	**経** 6 古靈　丁 5 當**経**　刑 1 戶**経** 形 1 戶**経**　靈 1 郎丁	經 6 古靈　丁 5 當經　形 2 戶經 靈 1 郎丁
冥四合	丁 1 當**経**　螢 1 乎丁	丁 1 當經　螢 1 胡丁
茗四開	迥 1	迥 3 戶鼎　鼎 4 丁挺　挺 5 娗 1 徒鼎 醒 1 蘇挺　冷 1 力鼎
茗四合		迥 2 戶鼎　鼎 2 丁挺
暝四開	定 9 特徑　徑 1 古定	定 9 特徑　徑 2 古定
暝四合	定 1 特徑	定 2 特徑
覓四開	狄 2 徒歷　擊 1 古歷　激 4 古歷 歷 12 閭激	狄 2 徒歷　擊 1 古歷　激 4 古歷 歷 11 閭激
覓四合	鶪 1 古闃　闃 1 苦鶪	鶪 1 古闃　闃 1 苦鶪
歌一開	波 1 博何　俄 1 五哥　哥 2 古俄 何 14 胡哥　羅 1 盧何	何 13 河 2 韓柯　柯 1 歌 1 古俄 俄 1 五歌
歌一合	戈 2 過 2 古禾　禾 10 胡戈	戈 1 過 3 古和　和 9 禾 1 胡過
歌丑開	伽 1 夷柯　柯 1 古俄	呿 1 墟迦　迦 2 居呿　柯 1 古俄
歌丑合	戈 1 古禾　波 1 博何	戈 1 古禾　波 1 博何
哿一開	我 1	火 1 呼果　我 3 五可　可 13 枯我
哿一合		火 1 呼果　果 12 古火　顆 1 枯果
箇一開	箇 6 古賀　賀 1 何箇　臥 1 五貨 佐 3 作箇	箇 10 古賀　賀 1 何箇　臥 1 吳貨 佐 4 作箇　邏 1 盧箇
箇一合	貨 2 呼臥　臥 11 五貨	貨 1 呼臥　臥 12 五貨　過 2 古臥
佳二開	柴 1 士佳　佳 11 古膎　膎 1 戶佳	佳 11 古膎　膎 1 戶佳
佳二合	紫 1 士佳　蛙 1 烏蝸　蝸 1 姑紫	緺 1 咼 1 苦蛙　蛙 1 烏緺 / 紫 1 士佳
解二開	買 1	買 5 莫解　解 6 加買
解二合		買 1 莫解
懈二開	隘 1 烏懈　卦 3 古賣　賣 3 莫懈 懈 7 古隘	卦 3 古賣　懈 6 薢 1 古隘　隘 1 烏懈 賣 4 莫懈
懈二合	卦 1 古賣　賣 1 莫懈	卦 2 古賣　賣 1 莫懈
麻二開	巴 2 百加　加 12 古牙　霞 1 胡加 牙 1 五加	巴 2 伯加　加 13 古牙　霞 1 胡加 牙 1 五加

麻丑開	車1昌遮　嗟1子邪　奢2式車 邪2以遮　遮4士奢	車1昌遮　嗟1子邪　奢2式車 耶1邪1以遮　遮4止奢
麻二合	瓜4古華　花1呼瓜　華2戶花	瓜4古華　花2呼瓜　華1戶花
馬二開	下1	下11胡雅　雅3五下
馬二合		寡2古瓦　瓦4五寡
馬丑開		也3野3以者　者2之野/下1胡雅 雅1五下
禡二開	霸1博駕　駕6古訝　亞2烏駕 訝6吾駕	霸1博駕　駕5古訝　亞3烏訝 訝7吾駕
禡二合	霸1博駕　化3霍霸　詐1側訝	化4霍霸　霸1博駕　坬1古罵 罵1莫駕
禡丑開	射1夜8以射　謝1似夜	謝2似夜　夜8以射
侵A	今3居音　簪1側今/林7力尋 心2息林　尋1徐林/淫2余針 針3職深　深2式針	今2金1居音/林7力尋　心2息林 尋1徐林/淫2余針　岑1鋤金 針3職深　深2式針
侵B	今4居音　音2拎今	金2居音　音3拎今　吟1魚音
寢A	稔1	甚6植枕　枕1之稔　稔6如甚 朕1直稔/錦2居飲　瘁1疎錦 稟1筆錦
寢B		飲2於錦　錦3居飲　甚1植枕
沁A	鴆6直任　任1女鴆/譖1側譖 譖1側譖　禁3居蔭	妊1汝鴆　浸1作鴆　鴆5直任/譖 1側禁　禁4居蔭
沁B	禁2居蔭　蔭1拎禁	禁3居蔭　蔭1於禁
緝A	緝1七入　急1居立　立5力急 入7尒執　十2是執　執3之十	急1居立　立6力急　入7尒執 執3之十　戢1阻立　縶1陟立
緝B	及3其立　急1居立　立3力急	及3其立　急1居立　立3力急
蒸丑開	氷1筆陵　承2署陵　陵13力膺 矜2居陵　升1識承　膺2拎陵	冰1筆陵　承2署陵　陵12六應 兢1矜2居陵　升1識承　膺2拎陵
證丑開	應1膺1拎證　孕1以證　證8諸膺	應1膺1於證　孕2以證　證9諸膺 甑1子孕
職丑開	抑1拎棘　逼2彼力　即1子力 棘1紀力　力16良直　直1除力/ 翼1与職　職3之翼	逼2彼力　即1子力　力17良直 翼1与職　直1除力　職3之翼 側1阻力
職丑合	逼2彼力	逼2彼力
尤丑	愁1士求　鳩6九求　流1力求 留1力求　求8巨鳩　尤2羽求 由5游1以周　秋1七游　州1職鳩 周3職鳩/浮1父謀　謀1莫浮	愁1士求　鳩4九求　流4力求 留1力求　求7巨鳩　尤3羽求 秋1七游　由4游1以周 州1周3職流/浮1縛謀　謀1莫浮

有丑	九1舉有　久11舉有　酒1子酉 柳1　有3　酉2与久	久16舉有　酒1子酉　柳3力久 有3云久　酉2与久
宥丑	副1敷救　救15久祐　就1疾僦 僦1即就　秀2先救　又2尤救 祐3尤救／富1府副	副1敷救　救17究1久祐　僦1即救 秀1息救　祐4又1尤救／富1府副
侯一	溝2古侯　侯11胡溝　鉤1古侯	溝3鉤1古侯　侯12胡溝
厚一	狗1古厚　不1方負　斗1當口 負1防不　后5胡口　厚5胡口 后1胡口　口5苦厚	垢3古厚　不1方負　斗1當口 厚4后3胡口　口8苦厚
候一	**候**10胡遘　遘1古**候**　豆4徒**候**	候12胡遘　遘2古候　豆4徒候
幽丑	虯3渠幽　彪3補休　休1許彪 幽5抝虯　侯1胡溝	虯3渠幽　彪2甫休　休1香幽 幽5於虯／愁1士求
黝丑	糾3居黝　黝1抝糾	糾3居黝　黝1於糾
幼丑	幼2伊謬	幼3伊謬　謬1靡幼
鹽A	尖1子廉　廉10力兼　籤1余廉 鹽3余廉　占1職廉　兼1古甜	廉10力鹽　詹2職廉　鹽4余廉
鹽B	廉5力兼　淹1英廉	廉5力鹽　淹1英廉
琰A	斂1力冉　漸1自琰　冉4而琰 琰4以冉	漸1自冉　冉5而琰　琰3以冉
琰B		冉1而琰　儼1魚檢　檢3居儼 險1虛檢　儉1巨險
艷A	贍3市艷　艷5以贍　驗1語韵 	贍4市豔　豔5以贍　驗1語窆 厭1於豔
艷B	驗2語韵　韵1方驗	驗2語窆　窆1方驗
葉A	接2紫葉　涉6時攝　攝1書涉 葉4與涉　輒4陟葉	接1紫葉　涉7時攝　攝1書涉 葉3與涉　輒4陟涉
葉B	涉2時攝　輒4陟葉	涉1時攝　輒4陟涉
添四	兼8古甜　甜1徒兼	兼8古甜　甜1徒兼
忝四	點3多忝　玷1多忝　簟1徒玷 忝3他點　蕈1徒玷	點2玷1多忝　簟2徒玷　忝4他點
㮇四	店1都念　念10奴店	店2都念　念8奴店　僭1子念
怗四	**㴒**1徒協　頰1古協　協12胡頰	篋1苦協　頰1古協　協11胡頰
覃一	含12胡男　男3那含	含12胡南　南3那含
禫一	禫1徒感　感15古禫	禫1徒感　感14古禫
醰一	暗1烏紺　紺11古暗	暗1烏紺　紺13古暗
沓一	荅7都合　合7胡荅	荅5都合　合7胡閣　閣2古沓 沓1徒合

談一	甘 8 古三 酣 2 胡甘 三 2 蘸甘 談 1 徒甘 燅1 徒恊	甘 8 古三 酣 2 胡甘 三 2 蘇甘 談 1 徒甘
淡一	覽 3 盧敢 敢 7 古覽	覽 2 盧敢 敢 9 古覽
闞一	暫 1 慙濫 瞰 2 苦濫 濫 6 盧瞰	暫 1 慙濫 瞰 2 苦濫 濫 6 盧瞰
蹋一	盍 11 胡臘 臘 1 盧盍	盍 11 胡臘 臘 2 盧盍
咸二	讒 1 士咸 咸 8 胡讒	讒 1 士咸 咸 9 胡讒
減二	減 9 古斬 斬 4 阻減	減 8 古斬 斬 4 阻減
陷二	陷 5 戶韽 韽 1 扲陷	陷 8 戶韽 韽 1 於陷 賺 1 佇陷
洽二	夾 1 古洽 洽 10 侯夾	夾 1 古洽 洽 10 侯夾
銜二	監 1 古銜 銜 7 戶監	監 1 古銜 銜 6 戶監
檻二	撼 6 胡黤 黤 1 於撼	檻 5 胡黤 黤 1 於檻
覽二	懺 3 楚鑑 鑑 7 格懺	懺 3 楚鑑 鑑 5 格懺
狎二	甲 6 古狎 狎 2 胡甲	甲 6 古狎 狎 2 胡甲
嚴子	轗1 虗嚴 嚴 3 語轗	轗1 虗嚴 嚴 3 語轗
广子	广 2 魚儉 儉 1 巨險 檢 2 居儼 險 2 虛广 儼 1 魚儉	广 2 虞垵 垵 2 應广
嚴子	欠 3 去劍 劍 1 覺欠	欠 1 去劍 劍 2 舉欠 淹 1 於劍
業子	刧 2 居怯 怯 2 去刧 業 1 魚怯	刧 1 居怯 怯 2 去刧 業 2 魚怯
凡子	芝1 匹凡 凡 1 符芝	芝1 匹凡 凡 1 符芝
范子	范 2	范 1 符凵
梵子	泛 1 敷梵 梵 1 扶泛	泛 2 敷梵 梵 1 扶泛
乏子	法 2 方乏 乏 1 房法	法 1 方乏 乏 1 房法

6.3 《裴韻》和《唐韻》韻類和反切下字比較表

說明：

1. 本表展示《裴韻》和《唐韻》韻類的異同；

2. 本表展示《裴韻》和《唐韻》反切下字的異同；

3. 本表展示《裴韻》和《唐韻》反切下字用字情形（即用於小韻反切的情形）的異同；

4. 反切下字後面注明該反切下字出現的次數，其後是該字的反切，省略「反」字。異體字之間用「／」隔開，如公古紅＝公，古紅反。

韻	《裴韻》	《唐韻》
通 攝		
屋一	谷7古鹿　鹿1盧谷　木8莫卜　卜1博木	谷7古鹿　鹿1盧谷　木7莫卜　卜1博木
屋丑	六18力竹　竹3陟六　逐2直六　伏1房六　育2与逐　目1莫六	六18力竹　竹5張六　逐1直六　菊1居竹　宿1　福1方六
燭丑	欲2余蜀　玉13語欲　蜀3市玉　囑1之欲　曲1起玉　錄2力玉	欲2余蜀　玉14語欲　蜀3市玉　燭1之欲　曲1起玉　足2即玉
沃一	酷2苦沃　沃8烏酷　毒1徒沃　薦1篤1多毒	酷2苦沃　沃8烏酷　毒2徒沃　篤1多毒
江 攝		
覺二	角18古岳　嶽1五角	角16古岳　嶽1五角
宕 攝		
宕一開	宕1杜浪　浪14郎宕　棚1剛浪	浪13郎宕　曠2苦浪　棚1剛浪
宕一合	謗1補浪　曠1苦謗　浪1郎宕	浪3郎宕　光1古皇　謗1補浪
鐸一開	各16古洛　洛1盧各　落1盧各	各14古落　洛1盧各　落2盧各
鐸一合	博1補各　郭4古博	博1補各　郭4古博
漾丑開	亮18力讓　讓1如仗　放1府妄　妄1武放　向3許亮　仗1直亮	亮17力讓　讓1人樣　仗1直亮　向3許亮　樣1餘亮　放1府妄　妄1武放
漾丑合	放1府妄　妄1武放	訪1敷亮　況1許訪
藥丑開	灼7之略　略6離灼　約3拎略　若1而灼　雀2即略　虐1魚約	灼3之若　勺1之若　藥1以灼　略5離約　約5於略　若2而灼　爵雀1即略　虐1魚約／攫1居縛
藥丑合	縛4符攫　籰1王縛　攫1居縛	縛4符攫
止 攝		
未子開	既6居未　沸2符謂　未1無沸	既4居未　未1　沸1
未子合	貴3居謂　畏1於胃　胃1云貴　謂2云貴	畏1於謂　謂2云貴　貴3居謂
遇 攝		
暮一	故16古慕　慕1莫故	故14古暮　暮1莫故　誤2五故
遇丑	孺1而遇　付1府遇　句7俱遇　具1其遇　戍1傷遇　樹1殊遇　遇14虞樹　注1陟句	注1中句　戍2傷遇　句8俱遇　遇11虞樹
御丑	**據**18居御　慮3力擄　呿1卻**據**　御1於既	據8倨3居御　御1牛據　慮2良擄　恕2庶1商署　洳1人庶　預1羊洳　助1床據

蟹　攝		
霽四開	帝 1 都計　計 13 古詣　戾 2 魯帝 細 1 蘇計　詣 2 五計	計 14 古詣　詣 3 五計
霽四合	桂 1 古惠　惠 2 胡桂	桂 1 古惠　惠 2 胡桂
祭 A 開	祭 2 子例　弊 1 毗祭　例 5 力滯 袂 1 弥弊　世 1 舒制　制 4 職例 滯 1 直例	例 6 力滯　弊 1 毗祭　袂 1 弥弊 / 祭 2 子例　制 5 職例
祭 B 開	劇 1 居例　例 3 力滯　憩 1 去例	劇 1 居例　例 3 厲 1 力滯　憩 1 去例
祭 A 合	銳 1 此芮　芮 7 而銳　芮 1 而銳 歲 2 相芮　衛 1 羽歲	衛 1 于劌　歲 2 相芮　銳 2 以芮 芮 7 而銳
祭 B 合	歲 1 相芮　衛 1 羽歲	衛 1 于劌　劌 1 居衛
泰一開	大 2 徒盖　帶 1 都盖　盖 10 古太 太 1 他盖　外 1 吾會	帶 1　盖 6 古太　大 1 徒盖　艾 1 五盖 太 1 他盖
泰一合	帶 1 都盖　兊 1 杜會　會 4 黃帶 外 5 吾會	會 3 黃帶　外 8 吾會
界二開	拜 3 博怪　戒 1 古拜　屆 1 古拜 界 12 古拜　恠 1 古壞	怪 1 古壞　介 5 戒界 2 古拜　拜 5 博怪
界二合	拜 2 博怪　壞 1 胡怪　恠 1 古壞	怪 3 古壞　壞 2 胡怪
夬二開	邁 2 苦話	芥 1 古喝　喝 1 於芥
夬二合	夬 4 古邁　話 1 下快　快 1 苦夬 邁 1 苦話	夬 3 古邁　邁 1 莫話　話 1 下快 快 1 苦夬
誨一合	背 1 補配　對 8 都佩　憒 1 胡對 凷 1 苦對　內 2 奴對　佩 4 薄背 配 1 普佩　碎 1 蘇對	內 3 奴對　對 8 都隊　隊 1 徒對 憒 1 胡對　佩 2 蒲昧　妹 1 昧 1 莫佩
代一開	愛 3 烏代　礙 1 五愛　代 10 徒戴 戴 1 都代	耐 1 奴代　代 8 徒耐　槩 1 槩 2 古代
嶝一開	鄧 5 徒亙　磴 1 都鄧　亙 2 古鄧 贈 1 昨磴	鄧 4 陵 1 徒亙　亙 2 古嶝
臻　攝		
質 A 開	吉 1 居質　必 2 卑吉　吉 3 居質 栗 3 力質　七 1 親悉　日 2 人質 悉 3 息七　乙 1 扵筆　質 9 之日	吉 5 居質　質 8 之日　栗 4 力質 悉 3 息七　七 1 親吉　日 1 人質 畢 1 卑吉 / 乙 1 於筆
質 B 開	筆 3 鄙密　密 1 美筆　乙 2 扵筆	筆 3 鄙密　密 1 美筆　乙 2 于筆
質 A 合	邱 2 辛律　律 7 呂邱　蜜 1 民必 恤 1 辛律　聿 5 餘律	聿 5 餘律　邱 2 辛聿　律 7 呂邱
質 B 合		密 1 美筆
櫛 A 開	瑟 1 所櫛　櫛 1 阻瑟	瑟 1 所櫛　櫛 1 阻瑟

物子合	弗 2 分物　屈 1 區勿　勿 7 無弗 物 2 無弗	弗 2 分勿　勿 3 無弗　物 5 無弗
訖子開	乞 1 去訖　氣 2 去訖　訖 2 居乞 鞨 1 許訖	乞 3 去訖　訖 2 居乞　迄 1 許訖
德一開	則 4 子得　得 1 多則　德 4 多則 黑 1 呼德／墨 1 莫北　北 3 博墨	德 3 得 3 多則　則 3 子德／北 3 博墨 墨 1 莫北　黑 1 呼北
德一合	國 1 古或　或 1 胡國	國 1 古或　或 1 胡國
翰一開	按 1 烏旦　粲 1 七旦　旦 12 丹按 漫 1 莫半	旦 2 得肝　案 2 烏旦　肝 2 旰 4 古案 粲 1 倉案　漫 1 莫叛　叛 1 薄半
翰一合	段 7 徒玩　亂 3 洛段　玩 1 五段 筭 1 蘇段	半 2 博漫　換 1 胡玩　瓹 1 玩 2 五換 段 1 徒瓹　貫 4 [ ]玩　亂 3 郎段 筭 1 蘇貫
褐一開	撥 1 博末　達 4 陁割　割 5 古達 葛 6 古達　末 2 莫曷	曷 2 胡葛　葛 2 割 4 古達　達 2 陁割 末 1 莫割
褐一合	活 6 戶括　括 7 古活	活 4 戶括　括 9 古活／撥 1
㮇一合	寸 1 七困　鈍 1 徒困　困 10 苦悶 悶 3 莫困	寸 1 七困　鈍 1 徒困　困 9 苦悶 悶 4 莫困
紇一開	沒 1 莫勃	沒 1 莫勃
紇一合	骨 6 古忽　忽 2 呼骨／沒 10 莫勃 勃 1 蒲沒	骨 5 古忽　忽 4 呼骨／沒 8 莫勃 勃 1 蒲沒
恨一開	艮 1 古恨　恨 3 戶艮	恨 2 胡艮　艮 1 古恨
霰四開	電 1 堂見　見 15 堅電	甸 10 電 1 佃 1 堂見　燕 1 於甸 眄 1 莫甸
霰四合	縣 3 玄絢　絢 1 許縣	縣 3 莫練　練 2 郎甸
屑四開	結 18 古屑　篾 1 莫結　屑 1 先結	結 17 古屑　篾 1 莫結　屑 1 先結
屑四合	決 1 古穴　玦 1 古穴　穴 3 胡玦	決 2 古穴　玦 1 古穴　穴 2 胡玦
線 A 開	便 1　箭 2 子賤　賤 1 在線 線 1 私箭　膳 1 市戰　彥 1 魚變 戰 4 之膳	箭 2 [ ]賤　膳 1 時戰　線 1 私箭 戰 4 之膳　扇 2 式戰　賤 1 才線
線 B 開	變 2 彼眷　眷 1 居倦　扇 1 式戰	變 2 彼眷　眷 1 居倦　扇 1 式戰
線 A 合	便 1　釧 1 尺絹　卷 1 居倦　眷 1 居倦 絹 3 古掾　戀 4 力卷　選 2 息便 掾 1 以絹	釧 1 尺絹　眷 2 居倦　絹 4 古緣 戀 4 力眷　選 1 息絹　緣 1
線 B 合	卷 1 居倦　倦 1 渠卷　眷 1 居倦	眷 1 居倦　倦 1
薛 A 開	別 1 憑列　列 15 呂薛　滅 1 亡列 熱 1 如列　薛 1 私列	別 2 皮列　列 12 呂薛　滅 1 亡列 熱 1 如列　薛 1 私列
薛 B 開	別 1 憑列　竭 1 渠列　列 5 呂薛	竭 1 渠列　烈 1 列 5 呂薛

薛A合	惙1陟劣　絕3情雪　劣6力惙 熱1如列　雪7相絕　悅2翼雪 列1呂薛	惙1陟劣　絕3情雪　劣6力惙 爇1如雪　雪7相絕　悅2翼雪
薛B合	劣2力惙	劣2力惙
訕二開	患2胡慣　澗1古晏　諫1古晏 晏6烏澗　鴈1五晏	晏6烏澗　患2胡慣　鴈1五晏 諫1古晏　澗1古晏
訕二合	慣1古患　患3胡慣	慣1古患　患3胡慣
鎋二開	頒1丑刮　刮2古頒　瞎1許鎋 鎋11胡瞎	鎋10胡瞎　瞎1許鎋
鎋二合	刮4古頒	刮6古頒　頒1丑刮
襇二開	辦1薄莧　莧6侯辦	莧6侯襇　襇1古莧
襇二合	辦1薄莧	辦1蒲莧
黠二開	八10博拔　拔1蒲撥　滑1戶八 黠2胡八	八8博拔　拔1蒲八　黠3胡八
黠二合	八3博拔　滑4戶八	滑5戶八　八2博拔
願子開	販1方願　建3居万　万3無販 願1魚怨	建2
願子合	怨1於願　勸1去願　万1無販 願4魚怨	願3　万1
月子開	歇1許謁　謁3於歇　伐1房越	伐2房越　謁4於歇　歇1許謁
月子合	發1方月　伐1房越　厥1居月 月6魚厥　越1王伐	月5魚厥　伐1房越　厥1居月
嘯四	弔10多嘯　嘯1蘇弔	弔7多嘯　嘯1蘇弔　叫1古弔
笑A	笑6私妙　妙1弥召　照1之笑 召7持笑　肖1私妙　誚1才笑	肖2笑4私妙　妙3彌笑　少1[ ]照 召5直少　照2之妙
笑B	廟2眉召　召1持笑	廟1眉召　召1直少
教二	校1古校　豹2博教　教12古校 孝1呼教　効1胡教	教12古孝　皃1莫教　孝2呼教
號一	報3博耗　導1徒到　到11都導 耗1呼報	到12都導　導1徒到　耗1呼到 報2博耗
梗　攝		
更子開	病1被敬　敬3居命　命1眉映 映1於敬　暎1烏朗（蕩韻）	病2皮命　命1眉病　慶1丘敬 敬3居慶
更子合	柄1鄙病	命1眉病
更二開	敬1居命　孟5莫鞕　鞕1五孟 硬1五孟	孟4莫更　敬1居慶　更2

更二合	孟1莫鞭	孟1莫更
格子開	戟2几劇　送2宜戟　陌1莫百　劇1奇送	戟2几劇　逆1宜戟　劇1奇逆　郤1綺戟　碧1逋逆
格子合	白1傍陌	陌1莫白　百1博白
格二開	戟2几劇　白2傍陌　百3博白　伯4博白　格4古陌　陌7莫百	白4傍百　百2博白　陌6莫白　格4古陌　戟2几劇
格二合	虢1古伯	虢1古伯　伯3博白
諍二開	迸1北諍　諍2側迸	諍1側迸　迸2[ ]諍
隔二開	厄1烏革　革10古核　核1下革　獲1胡麥　麥1莫獲　責1側革	厄1戹1烏革　革8古核　核1下革　獲1胡麥　麥1莫獲　責1側革
隔二合	獲1胡麥　麥2莫獲	獲1胡麥　麥2莫獲
清丑開	令1力政　盛2承政　正4之盛　政7之盛　鄭1直正　響1匹正	政3之盛　正9之盛　盛1承正　鄭1令1力正
清丑合	政1之盛	正1之盛
昔丑開	辟1必益　尺2昌石　迹1積1咨昔　石2常尺　昔3私積　亦3羊益　益3伊昔　隻1炙1之石	辟1必益　尺2昌石　積1迹1資亦　石2常尺　昔3私積　亦3羊益　益4伊昔　隻1炙1之石
昔丑合	役1營隻　隻1之石	役1營隻　隻1之石
暝四開	定9特徑　徑1古定	定8特徑　徑1古定　佞1乃定
暝四合	定1特徑	定1特徑
覓四開	狄2徒歷　擊1古歷　激4古歷　歷12閭激	狄2徒歷　擊1古歷　激4古歷　歷11閭激
覓四合	鶪1古闃　闃1苦鶪	鶪1古闃　闃1苦鶪
果　攝		
箇一開	箇6古賀　賀1何箇　臥1五貨　佐3作箇	箇5古賀　賀1胡箇　佐2則箇　過1古臥
箇一合	貨2呼臥　臥11五貨	貨1呼臥　臥9吳貨　過1古臥
懈二開	隘1烏懈　卦3古賣　賣3莫懈　懈7古隘	卦3古賣　懈7古隘　隘1烏懈　賣3莫懈
懈二合	卦1古賣　賣1莫懈	卦1古賣　賣1莫懈
假　攝		
禡二開	霸1博駕　駕6古訝　亞2烏駕　訝6吾駕	霸1必駕　駕9嫁2古訝　亞2衣嫁　訝1吾駕
禡二合	霸1博駕　化3霍霸　詐1側訝	化3呼霸　霸1必駕
禡丑開	射1以射　謝1似夜　夜8以射	謝2辝夜　夜8羊謝

深　攝		
沁A	讖1側讖　禁3居蔭　任1女鴆 譖1側讖　鴆6直任	禁5居蔭　任1汝鴆　譖1疾蔭 鴆3直禁　蔭1於禁　鈂1
沁B	禁2居蔭　蔭1扵禁	禁1居蔭　蔭1於禁
緝A	緝1七入　急1居立　立5力急 入7尔執　十2是執　執3之十	急1居立　立6力急　入7尔執 執3之十　戢1阻立　縶1陟立
緝B	及3其立　急1居立　立3力急	及3其立　急1居立　立3力急
曾　攝		
證丑開	應1扵證　孕1以證　膺1扵證 證8諸膺	膺2於證　孕2以證　證5諸膺 甑1子孕
職丑開	抑1扵棘　逼2彼力　即1子力 棘1紀力　力16良直　翼1与職 直1除力　職3之翼	逼2彼力　即1子力　力17良直 翼1与職　直1除力　職3之翼 側1阻力
職丑合	逼2彼力	逼2彼力
流　攝		
宥丑	副1敷救　富1府副　救15久祐 就1疾僦　僦1即就　秀2先救 又2尤救　祐3尤救	副1敷救　富1方副　救13究1居祐 僦1即救　祐4祐1又1尤救 呪1職救
候一	**候**10胡遘　遘1古**候**　豆4徒**候**	候10胡遘　遘1[ ]**候**　豆2徒候 奏2則**候**
幼丑	幼2伊謬	幼3伊謬　謬1繆1麋幼
咸　攝		
艷A	贍3市艷　艷5以贍　驗1語窆	贍3時艷　豔5以贍　驗1語窆
艷B	驗2語窆　窆1方驗	驗2語窆　窆1方驗
葉A	接2紫葉　涉6時攝　攝1書涉 葉4与涉　輒4陟葉	接1紫葉　涉7時攝　攝1書涉 葉3与涉　輒4陟涉
葉B	涉2時攝　輒4陟葉	涉1時攝　輒4陟涉
掭四	店1都念　念10奴店	店1都念　念10奴店
怗四	**帖**1徒協　頰1古協　協12胡頰	篋1苦協　頰1古協　協11胡頰
覃一	暗1烏紺　紺11古暗	暗1烏紺　紺9古暗
合一	荅7都合　合7胡荅	荅5都合　合7胡閣　閣2古沓 沓1徒合
闞一	暫1慙濫　瞰2苦濫　濫6盧瞰	瞰2苦濫　濫6盧瞰
蹋一	盍11胡臘　臘1盧盍	盍11胡臘　臘2盧盍
陷二	陷5戶韽　韽1扵陷	陷5戶韽　韽1於陷
洽二	夾1古洽　洽10侯夾	夾1古洽　洽10侯夾

覽二	懺 3 楚鑑　鑑 7 格懺	懺 3 楚鑑　鑑 6 格懺
狎二	甲 6 古狎　狎 2 胡甲	甲 6 古狎　狎 2 胡甲
業子	刼 2 居怯　怯 2 去刼　業 1 魚怯	刼 1 居怯　怯 2 去刼　業 2 魚怯
梵子	泛 1 敷梵　梵 1 扶泛	泛 2 孚梵　梵 1 扶泛
乏子	法 2 方乏　乏 1 房法	法 1 方乏　乏 1 房法

　　《裴韻》與諸本韻書不同的反切下字大部分是《裴韻》獨有的。37 個獨有的反切下字，154 個用字不同但與《王三》韻類相同的反切下字，佔《裴韻》873 個切下字總數的 21.8%，且在全書分布均勻。在《王一》、《王三》、《唐韻》中截然分立的韻，在《裴韻》中卻出現相混的現象。體現的應當是著書者當時的口語特點。據此我們推知，《裴韻》反切下字存在兩個音系層次，一個是與《王三》一樣承襲了《切韻》的音系；一個是當時當地的時音方音。

第 7 章 《裴韻》重紐的初步研究

7.1 《裴韻》重紐反切下字系聯類別的統計和分析

重紐是中古音研究中一個熱點問題。所謂重紐，就是中古韻書中，主要在支、脂、祭、真、仙、霄、侵、鹽等八個韻系裏，開、合口相同的一些三等韻，聲母是喉、牙、脣音，相同的地位上有兩套反切。《韻鏡》、《七音略》等韻圖中把它們分別放在三、四等。

重紐存在已是定論，但是重紐的音值、舌齒音的歸類、重紐研究的方法等問題至今仍然存在爭論。《裴韻》的重紐還未見有全面的整理，本文就《裴韻》的重紐作初步歸類和分析，爲《切韻》系韻書的重紐研究提供資料和佐證。

反切系聯法是研究重紐的方法之一，陳澧在《切韻考》中最早用到它。董同龢先生（1948）在《全本王仁昫刊謬補缺切韻的反切下字》中曾經將《王三》的反切下字進行了系聯，周法高先生（1948）在《廣韻重紐的研究》一文中也運用系聯法對重紐反切下字進行分類。張詠梅（2003）撰文《〈廣韻〉和〈王三〉重紐八韻系切下字系聯類別的統計與分析》，分別系聯了《廣韻》和《王三》重紐韻的切下字，並與董同龢和周法高先生的研究結果作了細緻的比較，得出結論：《廣韻》切下字的分類能區分重紐 A、B 類的只占 50%；《王三》切下字的分類能區分重紐 A、B 類的只占 38%。即依據《廣韻》和《王三》的反切下字分類不能夠完全區分開重紐 A、B 類。

　　本節我們也運用系聯法，將《裴韻》重紐八韻系的反切下字作窮盡性的整理，一方面對《裴韻》的音系作全面的觀察，一方面與《王三》重紐切下字的系聯情況作比較，對前人的《切韻》音系韻書重紐研究結果作進一步補充和論証。

　　《裴韻》重紐八韻系，涉及平、上、去、入四聲共 26 個韻。其中 6 個韻殘缺：宵韻平聲全缺，仙韻平聲全缺，真韻平聲、仙韻上聲、宵韻上聲、侵韻上聲僅存韻目字及其反切。這 6 個韻不作爲本文討論對象，餘下 20 個韻，本文依據平、上、去、入相配關係和開合口的分別，分爲「支開」、「支合」、「紙開」、「紙合」等等 32 個單位進行統計和分析。這 32 個單位分別是：支韻 6 個，脂韻 6 個，祭韻 2 個，真韻 6 個，仙韻 4 個，宵韻 1 個，侵韻 3 個，鹽韻 4 個。

　　首先，本文對《裴韻》重紐八韻系現存反切下字進行了系聯，系聯結果見下表。〔註1〕

表一　《裴韻》重紐反切下字系聯分類表

韻系	聲調	小韻數	切下字數	開合	反切下字系聯類別	備註
支	平	57	16	開	① 皮宜竒羈	「爲，蓮支反」開合系聯爲一類。「支，章移反」開合系聯爲一類。《王三》亦兩類。
				合	② 支卑移知離規隨垂規危爲萎	
	上	47	18	開	① 潁紙爾婢此韠侈 ② 綺彼被靡	「婢，避爾反」開合口系聯爲一類。《王三》「婢，便俾反」與「俾，卑婢反」系聯爲一類，所以《王三》開口切下字三類。
				合	③ 髓捶委累毀詭 ④ 弭	
	去	41	10	開	① 寄義智豉賜	「賜，斯義反」，開合系聯爲一類。
				合	② 避恚瑞睡僞	
脂	平	42	14	開	① 尼私伊夷脂肥 ② 悲眉	《王三》亦三類，同《裴韻》。
				合	③ 遺綏惟維佳追	

〔註1〕本章表格設計樣式借鑒秦淑華、張詠梅文，見於秦淑華、張詠梅《重紐韻中的舌齒音》，《語言》第 4 卷，第 130～141 頁，2003 年，首都師範大學出版社；張詠梅《〈廣韻〉〈王三〉重紐八韻系切下字系聯類別的統計與分析》，同上，第 142～163 頁。

	上	29	13	開	①	几履雉姊	「美，無鄙反」，開合系聯爲一類。
					②	視旨	
					③	鄙	
				合	④	軌癸誄壘水美	
	去	51	22	開	①	二利四至	「鼻，毗志反」，開合系聯爲一類。
					②	鼻志	《裴韻》有「鼻，毗志反」、「志，之吏反」作至韻字切下字例，至、志韻混用。《王三》無此例此類。
					③	冀器媚秘偰	
				合	④	纇纇淚遂醉	
					⑤	季悸	
					⑥	冀愧位	
祭	去	19	14	開	①	祭例世制滯罽憩弊袂	《裴韻》合口一類，同《廣韻》，《王三》合口兩類。
				合	②	銳芮芮歲衛	
真	平	1	1	開	①	鄰	真韻平聲缺，僅存韻目字。
				合			
	上	30	9	開	①	盡忍腎引軫	「殞，于閔反」，開合系聯爲一類。
				合	②	尹准	《裴韻》三類同《王三》。
					③	殞閔	
	去	28	9	開	①	晉進刃觀遴燼靳	《裴韻》合口一類，同《廣韻》。
				合	②	峻閏舜	《王三》合口切下字「韻」、「捃」，爲存古音，《裴韻》、《廣韻》無。「靳，居焮反」，是斤韻的去聲字，作「懋」的反切下字，此處靳、震混用。《王三》無混用。
	入	47	16	開	①	吉吉必栗七日悉質	《王三》開口三類。《裴韻》兩類。《廣韻》兩類。
					②	乙筆密	
				合	③	邮律蜜恤聿	
臻	平	3	3	開	①	詵	臻韻缺，僅存韻目字。
	入			開	①	瑟櫛	入聲存一類，同《王三》。
仙	平	0	0	開			仙韻平聲缺。
				合			
	上	1	1	開	①	淺	仙韻上聲缺，僅存韻目。
				合			
	去	33	18	開	①	箭賤線	「變，彼眷反」，「眷，居倦反」，「彥，魚變反」，開合系聯爲一類。
					②	戰扇膳	合口三類，《王三》兩類，《廣韻》合口兩類。《裴韻》切下字「便」和「選，息便反」系聯爲一類。「便」開合放在一類。
				合	①	便選	
					②	釧掾絹	
					③	戀卷眷倦彥變	

韻系	聲調			開合		備注
	入	49	13	開	① 別烈滅熱薛別竭列	與《王三》、《廣韻》同。
				合	② 憇劣	
					③ 絕雪悅	
宵	平			獨韻		宵韻平聲缺。
	上	1	1		① 兆	上聲僅存韻目。
	去	20	7		② 笑妙照召肖誚庿	與《王三》同，《廣韻》兩類。
侵	平	27	9	獨韻	① 今音簪	與《王三》、《廣韻》同。
					② 林心尋	
					③ 深淫針	
	上	1	1		① 稔	侵韻上聲僅存韻目。
	去	15	6		① 鴆任	《裴韻》「譖，側譖反」，「譖，側譖反」，單獨系聯一類，共三類，《王三》兩類，《廣韻》一類。
					② 禁蔭	
					③ 譖識	
	入	26	7		① 絹　入十執	與《王三》同，《廣韻》一類。
					② 急立及	
鹽	平	23	7	獨韻	① 尖廉簷鹽占淹兼	
	上	10	4		① 斂漸冉琰	《王三》、《廣韻》兩類，《裴韻》切下字「儼，魚檢反」、「檢，居儼反」、「險，虛檢反」、「儉，巨險反」在廣韻。
	去	12	4		① 贍艷	同《王三》、《廣韻》。
					② 驗韵	
	入	23	5		① 接涉攝葉輒	同《王三》、《廣韻》。

　　以下我們根據方孝岳先生（1988）《廣韻韻圖》中 A、B 類的排列，分別標出 A、B 類反切下字的類別，見表二：

表二　《裴韻》重紐反切下字分類表

韻系	開合	聲調	A、B類	脣音				牙音				喉音		備注
				幫	滂	並	明	見	溪	羣	疑	影	曉	
支	開	平	B	為②	羈①	羈①	為②	宜①	奇①	羈①	羈①	羈①	離①	開口反切下字可以分出兩類，但其中「為」字是②類字，②類切下字兼A、B類，不能判定重紐A、B類。
			A	移②	卑②	支②	移②			支②	移②		支②	
		上	B	被②	靡②	彼②	彼②	綺②	彼②	綺②	倚②	綺②	倚②	A類用①類切下字，B類用②類切下字，能區分開A、B兩類。
			A	婢①	婢①	爾①	婢①							

韻	開合	調	類										說明
	合	去	B	義①	義①	義①	義①	義①	寄①	寄①	義①	義①	切下字分兩類，但是系聯爲一類。
			A	義①	義①	義①	賜①	智①			賜①		
		平	B				爲②	爲②		爲②	爲②	爲②	反切下字分爲兩類，但是系聯爲一類。
			A				隨②	隨②				規②	
		上	B				委③	委③	累③	毀③	詭③	委③	脣音字「弭」是開口字，這組切下字分兩類，但是系聯爲一類。
			A					弭④					
		去	B				僞②			賜①	僞②	僞②	反切下字分兩類，但系聯爲一類。
			A					瑞②			避②	恚②	
脂	開	平	B	眉②	悲②	悲②	悲②	脂①		脂①	肥①		① 類切下字兼 A、B 兩類。
			A		夷①	脂①					脂①		
		上	B	美③	鄙③	鄙③	鄙③	履①		几①	几①		① 類切下字兼 A、B 兩類。
			A	履①		履①							
		去	B	媚③	俻③	祕③	祕③	利①	冀③	器③	利①	器③	① 類切下字兼 A、B 兩類。
			A	至①	鼻②	志②	二①	利①					
	合	平	B					追③	追③	追③			脂韻合口切下字系聯爲一類。
			A							隹③		維③	
		上	B					美④		軌④			④ 類切下字系聯爲一類，兼 A、B 類。
			A					履①		癸④		癸④	

韻	開合	聲	類										說明
		去	B					位⑥	愧⑥	位⑥	位⑥		
		去	A					悸⑤		季⑤	鼻①季⑤		⑥ 類切下字都是 B 類，①、⑤ 類切下字都是 A 類，脂韻合口去聲切下字可分 A、B 類。
祭	開	去	B				例①	例①	憩①	例①	罽①		反切下字韻圖分列兩類，但系聯為一類。
		去	A	袂①		祭①	獘①			祭①			
	合	去	B					衛③					切下字只有 B 類。
		去	A										
真	開	平	B										缺。
		平	A										
		上	B			殞②		忍①		忍①			切下字在韻圖分兩類，但 ① 類字兼 A、B 類。
		上	A		忍①	盡①	忍①腎①						
		去	B					遴①	靳①		覲①		反切下字分兩類，但系聯為一類。
		去	A	刃①	刃①			刃①		刃①			
		入	B	密②		律③	筆②			乙②	筆②	乙②	② 類字兼兼 A、B 類。
		入	A	吉①	吉①	必①	必①	質①	吉①	乙②	質①	吉①	
	合	平	B										缺。
		平	A										
		上	B					殞③	殞③	殞③			切下字只有 B 類字。
		上	A										
		去	B										去聲合口無重紐字。
		去	A										
		入	B										切下字只有 A 類字。
		入	A					蜜③		聿③		聿③	

韻	開合	聲	類	1	2	3	4	5	6	7	8	9	10	備註
仙	開	平	B											缺。
			A											
		上	B											缺。
			A											
		去	B	眷③		變③				變③	扇②			② 類字兼A、B類。
			A		扇②		便①		戰②					
		入	B	別①		列①			竭①	烈①	列①	列①	列①	① 類字兼A、B類。
			A	列①	滅①	列①	列①	列①						
	合	平	B											缺。
			A											
		上	B											缺。
			A											
		去	B			倦③		卷③						能區別A、B類。
			A			掾②								
		入	B			劣②				劣②				② 類字兼A、B類。
			A			劣②	雪③			悅③	列①			
宵	獨韻	平	B											缺。
			A											
		上	B											缺。
			A											
		去	B	廟②		召②				廟②				② 類字兼A、B類。
			A		笑②	召②	召②		召②	召②	笑②			
侵	獨韻	平	B					音①	音①	今①	今①	今①	今①	能區別A、B類。
			A									淫③		
		上	B											缺。
			A											

										備註
		去	B	蔭②		禁②		禁②		僅有 B 類字。
			A							
		入	B	立②	急②	立②	及②	及②	及②	僅有 B 類字。
			A							
鹽	獨韻	平	B	廉①		廉①	淹①	廉①	廉①	反切下字分成兩類，但系聯為一類。
			A						鹽①	
		上	B							僅有 A 類字。
			A			斂①		琰①		
		去	B	驗②			窆②	驗②		能區別 AB 類。
			A						豔①	
		入	B	輒①	涉①	輒①	涉①	輒①		反切下字分成了兩類，但是系聯只有一類。
			A						葉①	

在《裴韻》重紐八韻系 32 個小單位中，無重紐字的有震韻合口；只出現 A 類字的有質韻合口、琰韻；只出現 B 類字的有祭韻合口、軫韻合口、沁韻、緝韻。此類情況我們無法比較 A、B 類切下字的類別，也無法判斷 A、B 類切下字的分立情形。只有在反切下字分成兩類或三類的韻中才能夠進行比較和分析。以下是《裴韻》重紐切下字分類的統計結果，見表三：

表三 《裴韻》重紐八韻系反切下字分類情況統計表

切下字的分類	與 A、B 類的關係		總計
	能區分 A、B 類	不能區分 A、B 類	
一類		支開、支合、脂合、旨合、祭開、祭合、軫開、震開、震合、質合、薛開、笑、鹽、琰、葉	15 個（47%）
二類	紙開、艷	寘開、紙合、寘合、脂開、質開、軫合、線開、薛合、緝	11 個（34%）
三類	至合、線合、侵	旨開、至開、沁	6 個（19%）
總計	5（16%）	27（84%）	

・372・

結論：

重紐 32 個小單位中，切下字分成兩類或三類的 17 個，約占 43％；反切下字的分類能夠區分重紐 A、B 類的有 5 個，約占 16％。即使在切下字分成兩類或三類的 17 個小單位中，反切下字的分類能區分重紐 A、B 類的也只占 29％。就是說，依靠《裴韻》重紐八韻系反切下字的分類不能夠完全區別重紐 A、B 兩類。

《裴韻》重紐反切下字分類與重紐 A、B 類之間關係情形與《王三》和《廣韻》的情形一致。

7.2 《裴韻》重紐韻中的舌齒音分類

關於《廣韻》重紐韻中的舌齒音歸類的問題，前人研究主要使用到兩大類方法，一類是比較傳統的方法，即根據反切下字系聯，並參照韻圖和方言材料，另一類方法是類相關法。如上一節所分析，僅運用反切系聯法和韻圖，並不能完全區分出所有重紐字的 A、B 類，因此本節將採用類相關法，對《裴韻》重紐韻的反切上、下字作窮盡性考察和統計，分析舌齒音的歸屬情況。

首先，我們列出 A+A=A 的所有反切。

脣音

幫母 7 個：卑，必移反。俾，卑婢反。匕，畢履反。痹，必至反。
蔽，必袂反。儐，必刃反。必，卑吉反。

滂母 8 個：悂，匹卑反。紕，匹夷反。諀，匹婢反。屁，匹鼻反。
顠，匹刃反。馮，匹扇反。剽，匹笑反。匹，譬吉反。

並母 6 個：陴，頻移反。婢，避尔反。牝，毗忍反。鼻，毗志反。
獘，毗祭反。驃，毗召反。

明母 5 個：泯，民婢反。袂，弥獘反。面，弥便反。妙，弥召反。
蜜，民必反。

牙音

溪母 3 個：觖，窺瑞反。弃，詰利反。譴，遣戰反。

羣母 1 個：揆，葵癸反。

喉音

影母 1 個：挹，伊入反。

C+A=A 的所有反切

脣音

幫母：驚，並列反。

滂母：朮，撫刃反。覕，芳滅反。

並母 4：毗，房，脂反。牝，膚履反。弼，旁律反。婓，扶列反。

明母 3：彌，武移反。泯，武盡反。滅，亡列反。

牙音

見母 7：槻，居隨反。緊，居忍反。罨，勁賜反。絹，古掾反。
吉，居質反。橘，居蜜反。孑，居列反。

溪母 8：闚，去隨反。跬，去弭反。愜，苦斂反。企，去智反。
皶，去刃反。趬，丘召反。詰，去吉反。缺，傾雪反。

羣母 3：衹，巨支反。葵，渠隹反。趫，其聿反。

疑母 3：藝，魚祭反。憗，魚靳反。虓，牛召反。

喉音

影母 13：痿，抣垂反。伊，抣脂反。愔，抣淫反。懕，抣鹽反。
黶，抣琰反。縊，抣賜反。志，抣避反。印，抣刃反。
要，抣笑反。猒，抣艷反。一，憶質反。抉，抣悅反。
魘，抣葉反。

曉母 10：巂，許規反。詑，香支反。倠，許維反。鬄，虛伊反。
妗，火尖反。睳，許葵反。睸，許鼻反。血，火季反。
欯，許吉反。颭，許聿反。

1、章組

章組切上字共出現 97 個，與 A、B 類相關的反切如下：

章組＋A＝章組（2 例）

脣音：

並母 1 例：提，是支反。

牙音：

　　見母 1 例：釧，尺絹反。

章組＋B＝章組（5 例）

　　牙音

　　　見母 1 例：水，式軌反。

　　　疑母 4 例：寘，支義反。吹，尺偽反。攱，是義反。睡，是偽反。

　　　章組切上字與 A 類切下字組合的 2 例，與 B 類切下字組合的 5 例。

　　　章組切下字共用 112 次，與脣牙喉音字的 A、B 類相關的，共出現 13 例，

全部如下：

A＋章組＝A（3 例）

　　脣音 3 例：

　　　幫母 1 例：痺，必至反。

　　　滂母 1 例：鷿，匹扇反。

　　　並母 1 例：鼻，毗志反。

　　　牙音 2 例：

　　　溪母 2 例：譴，遣戰反。觖，窺瑞反。

C＋章組＝A（7 例）

　　脣音

　　　並母 1 例：毗，房脂反。

　　牙音

　　　見母 1 例：吉，居質反。

　　　羣母 2 例：祇，巨支反。葵，渠隹反。

　　喉音

　　　影母 2 例：伊，抳脂反。一，憶質反。

　　　曉母 1 例：訑，香支反。

C＋章組＝B（3 例）

　　牙音

　　　見母 1 例：飢，居脂反。

羣母 1 例：鬐，渠脂反。

喉音

影母 1 例：躮，拎扇反。

13 例中，章組切下字出現在 A 類被切字的 10 例，出現在 B 類被切字的 3 例。根據 A＋A＝A，A＋章組＝A，C＋A＝A，C＋章組＝A，我們推論出章組＝A。

2、精組

精組切上字共出現 110 次，與 A、B 相關的反切如下：

精組＋A＝精組（6 例）

脣音

並母 2 例：選，息便反。獮，隨婢反。

明母 1 例：笑，私妙反。

牙音

見母 3 例：厜，姊規反。死，息姊反。炗，徐姊反。

精組＋B＝精組（4 例）

牙音

見母 1 例：姊，將几反。

疑母 1 例：賜，斯義反。

喉音

影母 2 例：觜，即委反。髓，息委反。

精組和 A 類字組合的例與精組和 B 類字組合的例字比例爲 3：2。

精組作切下字，共出現 76 次，其中，四等＋精組＝A（2 例），一等＋精組＝A（4 例），與 A、B 兩類有關的如下。

B＋精＝B（1 例）

牙音

疑母 1 例：僑，危賜反。

C＋精＝A（8 例）

牙音

見母：槻，居隨反。趌，勁賜反。

溪母 1：闋，去隨反。缺，傾雪反。

疑母 1：藝，魚祭反。

喉音

影母：縊，扵賜反。要，扵笑反。

曉母 1：妑，火尖反。

A＋精組＝A（2 例）

脣音

滂母 1 例：剽，匹笑反。

並母 1 例：獘，毗祭反。

精組作切下字只有 1 例出現在 B 類，10 例出現在 A 類。我們依據 C＋A＝A，C＋精組＝A；A＋A＝A，A＋精組＝A，可以推論精組＝A。

3、日母

日母字作反切上字共 21 次，其中，日＋以母＝日（5 例），日＋章組＝日（9 例），日＋來母＝日（2 例），日＋精組＝日（4 例），日＋A＝日（1 例）。反切下字沒有 B 類字。

日母字作反切下字，共出現 61 次，

A＋日＝A（4 例）

脣音

幫母 1 例：儐，必刃反。

滂母 1 例：顜，匹刃反。

並母 2 例：婢，避尔反。牝，毗忍反。

喉音

影母 1 例：揖，伊入反。

C＋日＝A（5 例）

脣音

滂母 1 例：宋撫刃

牙音

見母 1 例：緊居忍

溪母 2 例：蜚丘忍敔去刃

喉音

影母 1 例：印扲刃

B＋日＝B（2 例）

脣音

明母 1 例：寐，密二反。

喉音

影母 1 例：釿，宜忍反。

日母切下字與 A 類相關的有 9 例，與 B 類相關的有 2 例，比例爲 9：2，日母與 A 的關係更爲密切；我們根據 A＋A＝A、A＋日＝A，C＋A＝A、C＋日＝A，推論出：日母＝A。

4、來母

反切上字是來母的有 29 個，例略。其中，來＋匣母＝來（1 例），來＋以母＝來（2 例），來＋章組＝來（6 例），來＋精組＝來（5 例），來＋知組＝來（5 例），來＋日＝來（1 例），來＋溪四等＝來（1 例），來＋見三丑＝來（1 例），例略。

來母字與切下字 A、B 類的關係，用例如下：

來＋B＝來（6 例）

見母 3 例：蠥，力軏反。戀，力卷反。立，力急反。

疑母 2 例：累，贏僞反。殮，力驗反。

影母 1 例：累，力委反。

未見來母與 A 類切下字組合例。可以推論：來母＝B。

來母字作切下字共 108 次，

A＋來＝A（2 例）

脣音

幫母 1 例：七，畢履反。

牙音

溪母 1 例：弃，詰利反。

B＋來＝B（5 例）

牙音

見母 2 例：冀，几利反。翲，嬌劣反。

疑母 1 例：劓，義例反。

喉音

影母 2 例：懿，乙利反。噦，乙劣反。

我們觀察到來作切下字與 B 類字更密切一些。再看以下例子。

C＋來＝A（7 例）

幫母 1 例：鷩，並列反。

並母 3 例：牝，膚履反。弼，旁律反。嫳，扶列反。

明母 1 例：滅，亡列反。

見母 1 例：孑，居列反。

溪母 1 例：胠，苦斂反。

C＋來＝B（20 例）

脣音

幫母 1 例：砭，府廉反。

並母 1 例：別憑列

牙音

見母 5 例：几，居履反。癸，居履反。𠜽，居例反。蹶，紀劣反。
　　　　　　急，居立反。

溪母 2 例：憸，丘廉反。憩，去例反。

羣母 4 例：趜，求累反。僅，渠遴反。傑，渠列反。及，其立反。

疑母 2 例：𪒠，語廉反。孽，魚列反。

喉音

影母 3 例：漪，扵離反。淹，英廉反。焆，扵列反。

曉母 2 例：旻，許列反。姡，許列反。

在這些例字中，切上字為 C 類，被切字是 B 類的約為 A 類的 3 倍，即 20：
7。根據以上比較，我們推論：來＝B。

5、莊組

莊組作反切上字共 39 次，其中莊組＋莊組＝莊（6 例），莊組＋知組＝莊（1 例），莊組＋章組＝莊（2 例），莊組＋來＝莊（12 例），莊組＋日＝莊（1 例）。莊組字和反切下字 A、B 類的組合情況如下：

莊組＋B＝莊（14 例）

切下字是 B 類脣音字：

並母 1 例：箭，廁別反。

牙音字：

見母 6 例：簪，側今反。篸楚今反。森，所今反。屜，所寄反。
　　　　　篁，所眷反。涤，所禁反。

溪母 1 例：躧，所綺反。

羣母 1 例：橺，楚觀反。

疑母 4 例：裝，爭義反。差，楚宜反。衰，楚危反。釃，所宜反。

喉音字：

影母 1 例：揣，初委反。

未見莊組＋A＝莊，可以推知，莊組與 B 類的關係比跟 A 類的關係密切。莊組作切下字未見用例。所以我們據以上例推論莊組＝B。

6、知組

知組切上字共出現 76 次，知組＋知組＝知（10 例），知組＋章組＝知（7 例），知組＋精組＝知（5 例），知組＋來＝知（29 例），知組＋泥母＝知（2 例）知組＋日＝知（7 例），知組＋以母＝知（4 例），知組＋匣母＝知（1 例）。

知組＋A＝知，此類未見用例。

知組＋B＝知（6 例）如下：

牙音：

見母 3 例：闞，丑禁反。雉，直几反。薾，貾几反。

疑母 3 例：智，知義反。騙，陟彥反。縋，馳僞反。

知組字作反切下字共 41 例：

A＋知組＝A（2 例）

　脣音：

　　並母 1 例：驃，毗召反。

　　明母 1 例：妙，弥召反。

C＋知組＝A（3 例）

　牙音：

　　溪母 2 例：企，去智反。趬，丘召反。

　　疑母 1 例：虓，牛召反。

C＋知組＝B（6 例）

　牙音：

　　見母 2 例：龜，居追反。緅，居輒反。

　　溪母 1 例：歸，丘追反。

　　羣母 2 例：逵，渠追反。極，其輒反。

　喉音：

　　影母 1 例：靫，抢輒反。

B＋知組＝B（1 例）

　明母 1 例：庿，眉召反。

　　知組與 A、B 類結合的比例為 5：7，與 B 類的關係較近一些。同時我們參看知組反切上字與 A、B 類反切下字組合情況，知組用 B 類切下字 6 例，而未見用 A 類切下字。我們推論知組＝B。知莊兩組的韻等配合關係是相同的，重紐的分類結論相同，都是 B 類，也比較合理。

結論：

　　我們運用類相關法，推理得到《裴韻》重紐韻中的舌齒音分類情況是，章組、精組、日母與 A 為一類；知組、莊組、來母與 B 為一類。除少數用字用例次數不同外，這個結果與《廣韻》相同。〔註2〕

〔註 2〕參見秦淑華、張詠梅《重紐韻中的舌齒音》一文，關於《廣韻》舌齒音歸類的研究。

　　　　（《語言》第四卷，2003，12））

參考文獻

1. 白滌洲，1931，《〈廣韻〉聲紐韻類之統計》，《女師大學術季刊》，第 2 卷第 1 期，頁 1～28。

2. 蔡國妹，2001，《重紐的韻類對比研究綜述》，《呼蘭師專學報》，第 3 期，頁 71～74。

3. 曹潔，2007，《裴務齊正字本〈刊謬補缺切韻〉研究》，南京大學博士論文。

4. 陳貴麟，1997，《切韻系韻書傳本及其重紐之研究》，臺灣大學中國文學研究所博士論文。

5. 陳貴麟，2000，《中古韻書研究的兩個方向：版本系統和音韻系統，中國音韻學研究會第十一屆學術討論會、漢語音韻學第六屆國際學術研討會論文集》，頁 147～150。

6. 陳貴麟，2001，《重紐的區別性音素與中心音素》，（臺）《聲韻論叢》，第十一輯，頁 137～168。

7. 陳新雄，1972，《古音學發微》，（臺）文史哲出版社，1 月初版，總 1330 頁。1983 年 2 月第二版。

8. 陳新雄，1973，《六十年來之聲韻學》，（臺）文史哲出版社年，總 120 頁。

9. 陳新雄，1984，《鍥不捨齋論學集》，臺灣學生書局。

10. 陳新雄、林炯陽，1974，《評《瀛涯敦煌韻輯新編》》，（臺）華學月刊年，第 25 期，頁 23～30。

11. 陳新雄，1974，《等韻述要》，（臺）國文學報，頁 29～89。

12. 陳亞川，1986，《反切比較法例說》，中國語文，第 2 期，頁 143～147。

13. 儲泰松，2001，《唐代的秦音與吳音》，《古漢語研究》，第 2 期 p12～15。

14. 儲泰松，2002，《唐五代關中文人的用韻特徵》，《安徽師範大學學報》（人文社科版），第 3 期，頁 354～360，368。

15. 儲泰松，2002，《隋唐音義反切研究的觀念與方法之檢討》，《復旦學報》（社科版），第 4 期，頁 135～140。

16. 丁邦新，1995，《重建漢語中古音系的一些想法》，《中國語文》，第 6 期，頁 414～419。

17. 丁邦新，1998，《丁邦新語言學論文集》，商務印書館，頁 64～82。

18. 丁鋒，1995，《〈博雅音〉音系研究》，北京大學出版社。

19. 丁山，1928，《切韻逸文考》，國立中山大學語言歷史學研究所周刊，第 3 集 25、26、27 期合刊《切韻專號》，頁 68～140。

20. 丁山，1928，《切韻非吳音說》，國立中山大學語言歷史學研究所周刊第 3 集 25、26、27 期合刊《切韻專號》，頁 143～144。

21. 丁山，1928，《唐寫本切韻殘卷跋》，國立中山大學語言歷史學研究所周刊第 3 集 25、26、27 期合刊《切韻專號》，頁 57～59。

22. 丁山，1928，《唐寫本切韻殘卷續跋》，國立中山大學語言歷史學研究所周刊第 3 集 25、26、27 期合刊《切韻專號》，頁 60～61。

23. 丁聲樹，1981，《古今字音對照手冊》，中華書局。

24. 丁聲樹，1984，《漢語音韻講義》，上海教育出版社。

25. 都興宙，1984，《中古知系係聲母的擬音問題》，《蘭州大學學報》，第 1 期。

26. 都興宙，1985，《敦煌變文韻部研究》，《敦煌學輯刊》，第 4 期。

27. 都興宙，1986，《王梵志詩用韻考》，《蘭州大學學報》，第 1 期。

28. 董同龢，1981，《〈廣韻〉重紐試釋》，丁邦新編《董同龢先生語言學論文選集》，臺灣食貨出版社，頁 1～12。

29. 董同龢，1981，《全本王仁煦刊謬補缺切韻的反切上字》，丁邦新編《董同龢先生語言學論文選集》，臺灣食貨出版，頁 101～112。

30. 董同龢，1981，《全本王仁煦刊謬補缺切韻的反切下字》，丁邦新編《董同龢先生語言學論文選集》，臺灣食貨出版社，頁 113～152。

31. 董同龢，1973，《中國語音史》，臺灣華岡出版社。

32. 董同龢，1968，《漢語音韻學》，臺灣文史哲出版社。

33. 杜其容，1965，《釋文異乎常讀之音切》，（臺）《聯合書院學報》，第 4 期。

34. 杜其容，1975，《陳澧反切說申論》，（臺）《書目季刊》，第 8 卷 4 期。

35. 杜其容，1981，《輕唇音之演變條件》，（臺）第一屆國際漢學會議論文集（語言文字組），臺北中研院，頁 213～222。

36. 方孝岳，1962，《跋陳澧〈切韻考〉原稿殘卷》，《學術研究》，第 1 期。

37. 方孝岳，1979，《漢語語音史概要》，（港）商務印書館香港分館。

38. 方孝岳，1988，《〈廣韻〉韻圖》，中華書局。

39. 方孝岳、羅偉豪，1988，《〈廣韻〉研究》，中山大學出版社。

40. 馮蒸，1997a，《中國大陸近四十年（1995～1990）漢語音韻研究述評》，《漢語音韻學論文集》，首都師範大學出版社，頁 476～531。

41. 馮蒸，1997b，《〈切韻〉祭泰夬廢四韻帶輔音韻尾說》，《漢語音韻學論文集》，首都師範大學出版社，頁 135～149。

42. 馮蒸，1997c，《〈切韻〉「痕魂」、「欣文」、「咍灰」非開合對立韻說》，《漢語音韻學論文集》，首都師範大學出版社，頁 150～183。

43. 馮蒸，1997d，《「黎」字今讀考——兼論〈切韻〉音系中俟母的來源與演變》，《漢語音韻學論文集》，首都師範大學出版社，頁 213～227。

44. 馮蒸，2006a，《論〈切韻〉的分韻原則：按主要元音和韻尾分韻，不按介音分韻——〈切韻〉有十二個主要元音說》，《馮蒸音韻論集》，學苑出版社，頁 240～262。

45. 馮蒸，2006b，《漢語音韻研究方法論》，《馮蒸音韻論集》，學苑出版社，頁 6～17。

46. 馮蒸，2006c，《論莊組字與重紐三等韻同類說》，《馮蒸音韻論集》，頁 299～320，學苑出版社。

47. 馮蒸，2006d，《〈切韻〉咸、蟹二攝一二等重韻中覃咍韻系構擬的一處商榷——論前、央、後／a／不能共存於一個音系》，《馮蒸音韻論集》，頁 344～349，學苑出版社。

48. 高本漢，1930，《中國古音〈切韻〉之系統及其演變》，《史語所集刊》2 本 2 分，頁 185～204。

49. 高本漢，1948，《中國音韻學研究》，趙元任、李方桂、羅常培合譯，上海商務印書館年初版。

50. 葛毅卿，2003，《隋唐音研究》，李葆嘉理校，南京師範大學出版社。

51. 古德夫，1982，《宋跋本王韻與切韻》，《徐州師院學報》，第 1 期。

52. 古德夫，1983，《〈廣韻〉、〈王韻〉、〈切韻〉大韻異同考》，《徐州師院學報》，第 4 期。

53. 古德夫，1991，《〈廣韻〉反切的來源——〈切韻〉到〈廣韻〉反切的改易》，《中國語言學報》，第 4 期，頁 102～108。

54. 古德夫，1990，《〈唐韻〉對〈切韻〉語音的改易》，徐州師院學報，第 2 期，頁 72～75。

55. 古德夫，1992，《中古音新探》，語文出版社。

56. 古敬恒，1992，《〈唐韻〉的音韻地位與訓詁價值》，（徐州師院中文系編）《漢語研究論集》，第一輯 p67～81。

57. 何大安，1981，《南北朝韻部演變研究》，臺灣大學中文研究所博士論文。

58. 何大安，1983，《近五年來臺灣地區漢語音韻研究論著選介》，（臺）《漢學研究通訊》，第 2 卷第 1 期。

59. 何九盈，1995，《中國古代語言學史》，廣東教育出版社。

60. 何九盈，2000，《中國現代語言學史》，廣東教育出版社。

61. 何九盈，2002，《音韻叢稿》，商務印書館。

62. 黃淬伯，1930，《慧琳一切經音義反切聲類考》，《史語所集刊》1 本 2 分，頁 165
～182。

63. 黃淬伯，1930，《慧琳一切經音義反切考韻表》，《國學論叢》2 卷 2 期，頁 229～
250。

64. 黃淬伯，1931，《慧琳一切經音義反切考》，《史語所專刊之六》。

65. 黃淬伯，1962，《關於〈切韻〉音系基礎的問題——與王顯、邵榮芬兩位同志討
論》，《中國語文》，第 2 期，頁 35～90。

66. 黃淬伯，1957，《論〈切韻〉音系並批判高本漢的論點》，《南京大學學報》（人文），
第 2 期。

67. 黃淬伯，1959，《〈切韻〉的「內部證據」論的影響》，《南京大學學報》（人文）
第 2 期，頁 97～100。

68. 黃淬伯，1964，《〈切韻〉音系的本質特徵》（附：《切韻聲母表》、《切韻韻母表》），
《南京大學學報》（社科），第 8 卷 3、4 期合刊，頁 99～126。

69. 黃淬伯，1998，《唐代關中方言音系》，江蘇古籍出版社。

70. 黃典誠，1986，《曹憲〈博雅音〉研究》，《音韻學研究》第二輯，中華書局。

71. 黃典誠，1994，《〈切韻〉的綜合研究》，廈門大學出版社。

72. 黃典誠，2003，《黃典誠語言學論文集》，廈門大學出版社。

73. 黃侃，1981，《文字音韻訓詁筆記》，黃焯整理，《聲韻學筆記》，上海古籍出版社。

74. 黃侃，1985，《〈廣韻〉校錄》，黃焯整理，上海古籍出版社。

75. 黃笑山，1994，《試論唐五代全濁聲母的「清化」》，《古漢語研究》，第 3 期，頁
38～40。

76. 黃笑山，1995，《〈切韻〉和中唐五代音位系統》，臺灣文津出版社。

77. 黃笑山，1998，《中古音研究的回顧與展望》，《古漢語研究》，第 4 期，頁 18～27。

78. 黃笑山，1999，《漢語中古語音研究述評》，《古漢語研究》第 3 期，頁 15～24。

79. 姜亮夫，1933，《中國聲韻學》，世界書局。

80. 姜亮夫，1990，《瀛涯敦煌韻書卷子考釋》，浙江古籍出版社。

81. 蔣冀騁，1990，《〈廣韻〉重紐字新探》，杭州大學學報，第 2 期，頁 129～134。

82. 蔣希文，1999，《徐邈音切研究》，貴州教育出版社。

83. 蔣希文，1999，《徐邈反切系統的「重紐」字》，《燕京學報》，第六期，北京大學
出版社。

84. 金有景，1984，《論日母——兼論五音、七音及娘母等，羅常培紀念論文集》，商
務印書館。

85. 厲鼎煃，1934，《讀故宮本王仁煦刊謬補缺切韻書後》，《國學季刊》，第 4 卷 3 期，
頁 111～115。

86. 厲鼎煃，1934，《敦煌唐寫本王仁煦刊謬補缺切韻考》，《金陵學報》，第 4 卷 2 期，頁 289～292。

87. 李新魁，1982，《韻鏡校證》，中華書局。

88. 李新魁，1983，《漢語等韻學》，中華書局。

89. 李新魁，1986，《漢語音韻學》，北京出版社。

90. 李新魁，1991，《中古音》，商務印書館。

91. 李新魁，1993，《四十年來的漢語音韻研究》，《中國語文》第 1 期。

92. 李新魁，1994，《李新魁語言學論集》，中華書局。

93. 李榮，1956，《切韻音系》，科學出版社。

94. 林炯陽，1976，《〈切韻〉系韻書反切異文譜》，《新校正切宋本廣韻》附錄，臺灣黎明文化事業公司。

95. 林炯陽，1980，《〈廣韻〉音切探源》，臺灣師範大學國文研究所博士論文。

96. 林炯陽，1986，《敦煌韻書殘卷在聲韻學研究上的價值》，（臺）《漢學研究》，第四卷第二期（國際敦煌學研討會論文專號），頁 409～420。

97. 劉廣和，1984，《唐代八世紀長安音聲紐》，《語文研究》，第 3 期。

98. 劉廣和，1991，《唐代八世紀長安音的韻系和聲調》，《河北大學學報》，第 3 期。

99. 龍宇純，1960，《〈韻鏡〉校注》，總 318 頁，臺灣藝文印書館。

100. 龍宇純，1965，《例外反切的研究》，中研院史語所集刊，36 卷 1 期，頁 331～373。

101. 龍宇純，1968，《唐寫全本王仁昫刊謬補缺切韻校箋》，香港中文大學。

102. 陸志韋，1939，《證〈廣韻〉五十一聲類》，《燕京學報》，25 期，頁 1～58

103. 陸志韋，1963，《古反切是怎樣構造的》，《中國語文》，第 5 期，頁 349～385。

104. 陸志韋，1985，《陸志韋語言學著作集》（一），中華書局。

105. 陸志韋，1999，《陸志韋語言學著作集》（二），中華書局。

106. 麥耘，1995，《〈切韻〉母音系統試擬》，《音韻與方言研究》，頁 96～118，廣東人民出版社。

107. 麥耘，1991，《〈切韻〉知、莊、章組及相關諸聲母的擬音》，語言研究，第 2 期，頁 107～114。

108. 麥耘，1992，《論重紐及〈切韻〉的介音系統》，語言研究，第 2 期，頁 119～131。

109. 麥耘，1994，《〈切韻〉二十八聲母說》，語言研究，第 2 期，頁 116～127。

110. 潘悟雲、朱曉農，漢越語和《切韻》唇音字，《語言文字研究專輯》（上）p323～356，上海古籍出版社 1982 年 2 月。

111. 潘悟雲、馮蒸，2000，《漢語音韻研究概述》，丁邦新、孫宏開主編《漢藏語同源詞研究（一）》p117～308，廣西民族出版社。

112. 潘悟雲，1983，《中古漢語方言中的魚和虞》，語文論叢第 2 輯，上海教育出版社

113. 潘悟雲，2000，《漢語歷史音韻學》，中古篇，上海教育出版社。

114. 潘悟雲，2001，《反切行為與反切原則》，中國語文 2：p88～111。

115. 朴現圭、朴貞玉，1986，《廣韻版本攷》，臺北學海出版社。

116. 平山久雄，2005，《平山久雄語言學論文集》，商務印書館。

117. 秦淑華、張詠梅，2003，《重紐韻中的舌齒音》，《語言》第 4 卷，首都師範大學出版社，頁 130～141。

118. 邵榮芬，1982，《切韻研究》，中國社會科學出版社。

119. 邵榮芬，1995，《經典釋文》音系，臺灣學海出版社。

120. 邵榮芬，1997，《邵榮芬音韻學論集》，首都師範大學出版社。

121. 上田正，1973，《〈切韻〉殘卷諸本補正》，東京大學東洋文化研究所附屬東洋學文獻中心叢刊（19）。

122. 上田正，1975，《切韻》諸本反切總覽》，均社單刊第一，京都均社。

123. 沈兼士，2000，《廣韻聲系》，北平輔仁大學 1945 年初版，日本學者阪井健一 1984 年曾校訂。1977 年 10 月臺灣大化書局據 1945 年版影印初版。1985 年中華書局據 1945 年版影印出版。

124. 沈建民，《廣韻》各聲類字的一個統計分析，《徐州師範大學學報》2，頁 47～51。

125. 沈建民，2000，《〈經典釋文〉首音反切的聲類》，中國音韻學研究會第十一屆學術討論會，《漢語音韻學第六屆國際學術研討會論文集》，頁 161～163。

126. 沈建民，2003，《〈經典釋文〉重紐研究》，《中國語言學報》，第十一期，頁 304～312，商務印書館。

127. 沈小喜，1999，《中古漢語重紐研究》（北京大學中文系編），《語言學論叢》，第二十二輯，頁 69～93，商務印書館。

128. 施向東，1983，《玄奘譯著中的梵漢對音和唐初中原方音》，《語言研究》，頁 27～48。

129. 施向東，1991，《中古漢語合口介音的一個來源》，《語言研究》[增刊，語音的研究]，頁 28～31。

130. 史存直，1986，《音韻學綱要》（中古音部分），安徽教育出版社。

131. 松尾良樹，2000，《論〈廣韻〉反切的類相關》，馮蒸譯，《語言》（第一卷），首都師範大學出版社，頁 294～303。

132. 宋亞雲、張蓉，2001，《〈切韻〉系韻書重紐研究綜述》，《古漢語研究》，頁 16～19。

133. 唐蘭，1947，《唐寫本王仁煦〈刊謬補缺切韻〉跋》故宮博物院影印本。

134. 唐作藩，1987，《音韻學教程》，第三章，北京大學出版社，臺北五南出版公司。

135. 唐作藩、楊耐思，1989，《四十年來的漢語音韻學》，《語文建設》，第 5 期，頁 2～10。

136. 唐作藩、耿振生，1998，《二十世紀的漢語音韻學》，收入《二十世紀的中國語言學》，北京大學出版社 p1～52。

137. 唐作藩，2001，《漢語史學習與研究》，商務印書館。

138. 王靜如，1948，《論古漢語之齶介音》，《燕京學報》，第 35 期，臺灣龍門書店影印，頁 51～94。

139. 王靜如，1941，《論開合口》，《燕京學報》，第 29 期，臺灣龍門書店影印，頁 143～192。

140. 王力，1986，《漢語音韻》，《王力文集》第五卷，第三、四、五、六章，山東教育出版社，頁 29～133。

141. 王力，1986，《漢語音韻學》，《王力文集》第四卷，第十五節，第十九節——第二十四節，山東教育出版社，頁 117～129，頁 162～234。

142. 王力，1987，《漢語語音史》，《王力文集》第十卷，第三章——第五章，山東教育出版社，頁 135～319。

143. 王力，1988，《漢語史稿》（中古音部分），《王力文集》第九卷，第二章，山東教育出版社，頁 61～270。

144. 王顯，1961，《〈切韻〉的命名和〈切韻〉的性質》，《中國語文》，第 4 期，頁 16～27。

145. 王顯，1962，《再談〈切韻〉音系的性質——與何九盈、黃淬伯兩位同志討論》，《中國語文》，第 12 期，頁 540～547。

146. 王顯，1993，《也談〈增字本切韻殘卷第三種〉》，《古漢語研究》，第 1 期，頁 1～6。

147. 魏建功、羅常培，1963，《十韻彙編》，北京大學文史叢刊第五種，臺灣學生書局影印本。

148. 魏建功，1932，《陸法言切韻以前的幾種韻書》，《國學季刊》，第 3 卷 1 期，頁 133～162。

149. 魏建功，1932，《唐宋兩系韻書體制之演變》，《國學季刊》，第 3 卷 1 期。

150. 魏建功，1935，《論切韻系的韻書（十韻彙編序）》，《國學季刊》，第 5 卷 3 期，頁 61～140。

151. 魏建功，1935，《古音系研究》，北京大學出版組，中華書局。

152. 魏建功，1951，《故宮完整本王仁昫〈刊謬補缺切韻〉續論之甲》，《國學季刊》，第 7 卷 2 期，頁 211～272。

153. 魏建功，1957，《〈切韻〉韻目次第考源》，《北京大學學報》，第 4 期，頁 69～83。

154. 魏建功，1958，《〈切韻〉韻目四聲不一貫的解釋》，《北京大學學報》，第 2 期，頁 45～68。

155. 魏建功，1968，《〈十韻彙編〉序》，見《十韻彙編》，臺灣學生書局。

156. 徐朝東，2002，《英藏敦煌韻書》，《古漢語研究》，第 5 期，頁 425～430。

157. 徐朝東，2003，《英藏敦煌韻書 S.11383A，B，C 試釋》，《古漢語研究》，第 3 期，頁 23～26。

158. 徐朝東，2003，《從異常音切看 S.2071 中的語音層次》，《南京師範大學人文學院學報》，第 2 期，頁 182～185。

159. 徐通鏘，1991，《空間和時間》，《歷史語言學》（第 6 章），商務印書館，頁 136-169。

160. 徐通鏘、葉蜚聲，1980，《歷史比較法和〈切韻〉音系的研究》，《語文研究》，第 1 期，頁 29～43。

161. 許寶華、潘悟雲，1994，《釋二等》，《音韻學研究》，第 3 輯，中華書局，頁 119～13。

162. 嚴學宭，1936，《大徐本說文反切的音系》，《國學季刊》，第 6 卷 1 期，頁 45～143。

163. 嚴學宭，1943，《小徐本說文反切之音系》，《國立中山大學師範學院季刊》，第 1 卷 2 期，頁 1～80。

164. 嚴學宭，1990，《廣韻導讀》，巴蜀書社。

165. 閻玉山，1990，《原本〈玉篇〉反映的南朝時期的語音特點》，《東北師大學報》，第 4 期，頁 62～68。

166. 楊劍橋，1996，《漢語現代音韻學》，復旦大學出版社。

167. 楊耐思，1957，《切韻音系與方言調查》，《中國語文》，第 7 期，頁 35～36。

168. 楊耐思，1958，《略論漢語的入聲》，《人文雜誌》，第 4 期，頁 69～73。

169. 楊耐思，1979，《反切的妙用》，《語文學習》，第 6 期，頁 52～53。

170. 楊耐思、張渭毅，1993，《1992 年漢語音韻學》，《語文建設》，第 11 期。

171. 姚榮松，1989，《近五年來臺灣地區漢語音韻研究論著選介》（上、下），姚榮松，（臺）《漢學研究通訊》第 8 卷 1 期，頁 1～5，第 8 卷 2 期，頁 90～97。

172. 姚榮松，1997，《重紐研究與聲韻學方法論的開展》，（臺）《聲韻論叢》，第 6 輯：，頁 303～322。

173. 葉鍵得，1979，《〈通志七音略〉研究》，臺灣中國文化學院中文研究所碩士論文。

174. 葉鍵得，1987，《〈十韻彙編〉研究》，臺灣文化大學中文研究所。

175. 葉鍵得，1990，《七音略與韻鏡之比較》，《復興崗學報》，第 43 期，頁 345～358。

176. 葉鍵得，1992，《論故宮本王仁煦刊謬補缺切韻的內容成分》，臺灣第二屆國際暨第十屆全國聲韻學學術研討會論文集（中山大學）。

177. 葉鍵得，1996，《〈內府藏唐寫本刊謬補缺切韻〉一書的特色及其在音韻學上的價值》，（臺）《聲韻論叢第五輯》，頁 173～194。

178. 葉鍵得，1997，《陳澧系聯〈廣韻〉切語上下字條例析論》，《臺北市立師範學院學報》，第 28 期，頁 275～296。

179. 余迺永，1995，《釋重紐》，語言研究，第 2 期，頁 38～68。

180. 余迺永，1997，《中古重紐之上古來源及其語素性質》，（臺）《聲韻論叢》，第 6 期，頁 107～174。

181. 尉遲治平，1982，《周隋長安方音初探》，語言研究，第 2 期，頁 18～33。

182. 尉遲治平，1984，《周隋長安方音再探》，語言研究，第 2 期。

183. 尉遲治平，1998，《韻書殘卷 DX1372+DX3703 考釋》，《李新魁教授紀念文集》，中華書局，頁 137～146。

184. 尉遲治平，2003，《論中古的四等韻》，《中國人民大學語言文字學報刊複印資料》，第 4 期，頁 40～48。

185. 俞敏，1999，《俞敏語言學論文集》，商務印書館。

186. 張琨，1987，《漢語音韻史論文集》，華中工學院出版社。

187. 張清常，1993，《張清常語言學論文集》，商務印書館。

188. 張維佳，2005，《演化與競爭：關中方言音韻結構的變遷》，山西人民出版社。

189. 張渭毅，2006，《中古音論》，河南大學出版社。

190. 張詠梅，2003，《〈廣韻〉〈王三〉重紐八韻系切下字系聯類別的統計與分析》，《語言》第 4 卷，首都師範大學出版社，頁 142～169。

191. 鄭張尚芳，1996，《漢語介音的來源分析》，語言研究增刊，頁 175～179。

192. 鄭張尚芳，1987，《上古韻母系統和四等、介音、聲調的發源問題》，《溫州師院學報》，第 4 期。

193. 周法高，1975，《中國語言學論文集》，臺灣聯經出版事業公司。

194. 周法高，1984，《中國音韻學論文集》，香港中文大學出版社。

195. 周祖謨，1957，《周祖謨漢語音韻論文集》，商務印書館。

196. 周祖謨，1966，《問學集》（上下），中華書局。

197. 周祖謨，1983，《唐五代韻書集存》，中華書局。

198. 周祖謨，2000，《文字音韻訓詁論集》北京大學出版社。

199. 周祖謨，2001，《周祖謨語言學論文集》，商務印書館。

200. 周祖謨，2004a，《廣韻校本》，中華書局。

201. 周祖謨，2004b，《周祖謨語言文史論集》，學苑出版社。